ありきたりな言葉じゃなくて

渡邉 崇

幻冬舎文庫

ありきたりな言葉じゃなくて

目次

第一章　藤田拓也

時計の針は、ちょうどお昼の十二時を指している。

聞き慣れたオープニングテーマと共に、テレビでワイドショーが始まった。

僕は今、まさにその番組『ニュースジャンクション』の生放送が行われているテレビ局の中にいる。四十分後に特集コーナーの枠で放送されるＶＴＲの編集中だ。

といっても、僕はディレクターでも編集マンでもない。構成作家だ。映像の内容と長さに合わせて、ナレーションの原稿を書くのが仕事だ。

「この画《え》じゃなくて寄りの画だって！　戻し戻し！」

ノートパソコンに向かう僕のすぐ目の前で、ディレクターの山崎《やまざき》さんが編集マンに指示を送っている。編集マンが手元のキーボードを操ると、壁いっぱいに並べられたモニターの中で、映像が一斉に巻き戻っていく。

「ここ、ここ、ここに値段！」

もう放送まで時間がない。テロップの位置を指示する山崎さんの声も当然デカくなる。今日の特集コーナーは、大盛り激安店のランチを集めたグルメものだ。

「赤字なんて何のその……赤字なんて……」

僕は小さく呟《つぶや》きながら、次に続く言葉を考える。この締めナレーションさえ書ければ、仕事は完了だ。

「おいそんなこだわんなくていいよ、時間ないんだから！」

山崎さんから横槍が入る。別に僕だってこだわっているわけじゃない。いや、本当はこだわったナレーションを書きたいのだが、今は特集コーナーの開始時刻に間に合わせることが最優先だ。なんといっても生放送なのだ。

「赤字なんて何のその……」

何度かそう呟いていたら、案の定、その後に続く常套句が頭の中にぽっと浮かんだ。

この十年間、同じようなVTRのナレーションを何百本も書いてきた。これから書こうとしている締めナレーションは、たぶん過去にも使ったことがあるフレーズだ。

そのとき、ドタドタと忙しない足音が聞こえた。僕は咄嗟《とっさ》に身を固くする。

バーン！　とけたたましい音が編集室に響き、思わずビクッと体が震える。プロデューサーの小田《おだ》が、スチール扉を蹴飛ばして怒鳴り込んできたのだ。

「何やってんだバカヤロー！　早く上げろ！」

そんな言動は今のご時世、コンプラ的に完全アウトだが、怒鳴りたくなる気持ちも分からないでもない。なんせ番組の放送がすでに始まっているのに、ＶＴＲがまだ完成していないのだ。さらにナレーションの録音作業も残っている。

毎度こりずに、いつもケツ合わせの仕事をしている山崎さんが、しどろもどろで答える。

「あともうワンブロックです。拓也《たくや》、とにかくナレーション埋めてくれよ！」

それじゃあ編集が遅いのは僕のせいみたいじゃないか！　と、心の中で反発しながら、僕はキーボードを打ち、締めナレーションを書き上げる。

「……こんなのどうですか？　赤字なんて何のその……」

「ああもう間違ってなきゃいいから早く出して！」

「はい」

山崎さんに言われるまま、印刷ボタンをクリックする。プリンターからナレーション原稿が吐き出される。山崎さんはもどかしそうに一枚ずつ掬い上げ、

「ナレ録り行きます！」

と、逃げるように編集室を出ていった。

「つたくよー」

プロデューサーの小田は僕に一瞥をくれると、山崎さんの後を追った。

……最後までこれだもんな、と僕は思う。

この厳しい環境で揉まれながら、構成作家として十年間も務めを果たしてきたことを誇らしく、晴れがましく思う気持ちもある。今日で僕は、この番組を卒業するのだ。

お昼のワイドショー『ニュースジャンクション』に拾われたのは、大学を卒業して間もなくのことだった。

僕は大学三年生の頃から、テレビ番組の制作に必要なリサーチを請け負う会社でバイトをしていた。リサーチャーとして、八幡山《はちまんやま》にある大宅壮一文庫で大昔の雑誌を探したり、都立図書館で地方新聞に片っ端から目を通して、テレビで取り上げたら面白そうなネタを探した。その会社には構成作家も数人所属していて、僕は先輩作家の補佐役として運良く『ニュースジャンクション』に潜り込むことができたのだ。

最初の仕事は、芸能ニュースの構成だった。

同世代の若いディレクターたちと一緒に、たった三分のコーナーの中で、少しでも視聴率のグラフを上向かせるために色々と試行錯誤した。だんだんと担当するコーナーや内容は難易度を増していった。そして三年前、先輩が番組を抜けることになり、僕は番組の顔ともいえる特集コーナーの構成作家に昇格した。

企画会議にこまめに参加してはネタを提案し、放送の前日から編集室に籠もり、ディレクターと一緒に徹夜してＶＴＲのナレーションを書く仕事に追われてきた。

ワイドショーのような情報を扱う番組は、取材、構成、撮影、編集と全面的に関わっているディレクターが主役、ディレクターこそがＶＴＲを生み出すいわば『妊婦』だ。それに対して、構成やナレーションで助ける構成作家は『助産師』の役割だ。

僕も、主役になれる仕事がしたい。そのときに思いついたのがドラマの脚本家だった。ドラマは、まず脚本家が書かなければ何も始まらない。脚本家としてなら『妊婦』になれる、そう僕は考えた。

それ以降、仕事と並行してシナリオスクールに通い、準備を進めてきた。そして三年間の勉強の末、ついに脚本家としてのデビューが決まったのだ。

思い切って仕事を脚本だけに絞るため、『ニュースジャンクション』の構成作家を辞めたいと申し出たのは二ヶ月前のことだった。

「どうするかなー」

辞意を聞いたプロデューサーの小田は、天井を仰ぎ見た。

「何がですか？」

意味が分からず質問すると、小田は一瞬ばつが悪そうな顔をしたのち、すぐに「代わりの人間だよ」と言い放った。無理に引き止められたら面倒だな、と思っていた自分はだいぶ自惚《うぬぼ》れていたようだ。この業界の人たちはみんな忙しい。辞めたい人間を引き止めても、何も良いことはない。ならばさっさと次を見つけるほうが肝要だと、みな経験上知っているのだ。

最後の徹夜作業を終えた僕は、編集室から番組のスタッフルームに戻り、特集コーナーのオンエアを見届けることにした。

壁沿いにズラリと並べられたテレビは計六台。ＮＨＫと民放五局、すべての番組をモニタリングできるようになっている。各局の放送を見ると、今日は取り立てて大きなニュースもない、平和な一日だ。

我らが東都テレビ『ニュースジャンクション』では、十二時四十分になると、予定通り特集コーナーの放送が始まった。ナレーションの収録も無事に間に合ったようだ。

ちなみに、十二時四十五分からNHKで連続テレビ小説の再放送が始まるため、東都テレビの視聴者のうち、少なくない人数が、NHKにチャンネルを切り替えるという事態が発生する。その数を最小限に食い止めるため、連続テレビ小説が始まるちょうど一分前に特集コーナーの山場を放送し、視聴者の流出を防ぐ、というのがプロデューサーの小田から制作陣に課せられた最大のミッションだ。

それが本当に効果があるのかどうか検証されないまま、昔ながらのテレビマンである小田は、固くそのセオリーを信じている。だから、VTRの構成がちょっとおかしくなろうともお構いなしに、「十二時四十四分に絶対山場」を求めてくるのだった。

今回、我々が用意したVTRの山場は、高さ三十センチにも及ぶ海鮮丼タワーだ。通常の海鮮丼と比較してみたり、重さを量ってみたり（二キロもあった！）、手を替え品を替え、その巨大さを殊更に強調した映像を長々と見せることで、視聴者の流出を防ぐという作戦だった。

その部分を一緒に見ていたスタッフのひとりが、「長くね？」と思わず不安げに口にするほど不自然な編集になってしまった。あまりにクドいので、逆にチャンネルを変えられてしまうのではないかと思った。そうなってしまうと、まさに本末転倒だ。

だが、きっと小田はスタジオの隅っこでモニターと時計を見比べながら、満足げに微笑《ほほえ》んでいることだろう。

ＶＴＲが始まっておよそ十分、激安食堂を営む名物店主のインタビューが流れ、締めの部分に差し掛かる。ナレーターさんが、少しとぼけたような口調で、情感たっぷりに僕が書いたナレーションを読み上げる。

「赤字なんて何のその、今日もみんなの笑顔のために、ど根性店主の奮闘は続きます」

急いで書いたナレーションとはいえ、凡庸でなんの含みもない、有りがちなものだった。そう思うと、取材を受けてくれた店主さんに申し訳ない気持ちが込み上げてきた。

最後の仕事は納得のいく出来には程遠いものだった。

放送が終わると、出演者も交えた反省会がスタッフルームで行われた。僕は今日でこの番組を去るが、小田からそのことが話されることはなかった。

結局のところ我々構成作家は、テレビ局員から見れば部外者だ。出演者に至っては直に接する機会もほとんどないので、きっと名前すら覚えられていないだろう。僕は、都合のいいナレーション書きでしかないのだ。


反省会が終わり、小田のデスクに挨拶に向かった。

「お疲れ様です」と声をかけると、「おう、お疲れな!」と気の良い兄貴分のような言葉が返ってきた。つい一時間前、編集室であれだけ怒鳴り散らしたことなど、すっかり忘れてしまったようだ。

「今日で最後なんだろ?　飯ぐらい奢るよ」

昼飯に誘われたのはちょっと意外だった。しかし、あいにく予定が入っている。

「すみません、ちょっと次の仕事があって……」

すると、いつの間にか僕の横に立っていた山崎さんが口を挟んだ。

「おーい、ふつう最後の日ぐらい空けとくだろー」

なるほど、山崎さんが裏で手を回してくれていたのか。さすがは十年来の仕事仲間だ。

僕は嫌味にならないよう、慎重に表情を選んで「ドラマの打ち合わせなんですよ」と理由を告げた。

「なんだよー」

山崎さんは大げさに残念がった。しかし、僕に断られると思っていなかった小田は、

「最初に聞いとけよバカ！」と山崎さんを責めた。

「すみません」

神妙な顔で呟く山崎さんを見て、これでさっきの編集室とおあいこだと思った。

「おまえ、脚本だけでホントにやっていけんのか？」

小田が意地悪な質問をしてきた。（どうせ無理だろ？）という本音が見え見えだ。

でも、そんな質問にはもう慣れきっている。

「やるしかないです」

当たり障りのない答えを口にすると、

「いつでも戻って来ていいからな」

と山崎さんが言った。

「いやぁ……もう……」

僕が口ごもってみせると、「なんだよそれ！」と突っ込まれた。もうワイドショーはこりごりです、とまでは口にしなかったが、それが僕の本音だ。毎週毎週焦ってばかりで、ろくにナレーションを書く時間をくれない山崎さんにだって、非はあるはずだ。

「じゃあ、お疲れ様でした。お世話になりました」

二人に頭を下げ、『ニュースジャンクション』のスタッフルームを後にした。

僕はエレベーターに乗り込むと、五階から二階に移動した。

ドラマ制作部のスタッフルームは、『ニュースジャンクション』のそれと広さは変わらないものの、雑多なロケ備品などは見当たらず、贅沢に空間を使っている印象だ。余白の部分にクリエイティブな雰囲気が漂っている。スタッフたちも、ワイドショーで働く人たちに比べて、パリッと小綺麗な格好をしている。

いつもの会議室に入ると、アシスタントプロデューサーの奈々美《なな み》さんが、机の上に書類を配置しているところだった。

「あー藤田《ふじた》さん、お疲れ様でーす」

かたちの良い広いおでこから、陽のオーラでも出ているのかというくらい、奈々美さんは接する人を笑顔にする能力を持っている。何かと多いドラマ業界のしきたりも丁寧に教えてくれるし、本当に頼りになる存在だ。

彼女が配布していたのは、僕が昨日メールで送った『風待ちの恋人たちへ』第三話の脚本だった。打ち合わせで駄目出しが続き、すでに〈第五稿〉まで推敲を重ねている。連続ドラマの脚本でここまで決定稿に至らないことは珍しいらしい。

「藤田さーん、今日決めましょうね！」

冗談交じりに発破をかけられた。

「石塚《いしづか》さん、何か言ってました？」

「いつも何か言ってますから……」

石塚さんはドラマ制作部のプロデューサーで、これまで僕は幾度となく駄目出しを受けている。奈々美さんの口ぶりからして、昨日送った僕の〈第五稿〉に対して、色好い反応をしていないのだろう。今日の打ち合わせも難航しそうだ、と思うと目眩《めまい》を感じた。比喩じゃなく本当に目眩がする。僕はもう二十四時間以上、ぶっ通しで働き続けている。

午後二時、約束の時間ちょうどに、石塚さん、メイン脚本家の伊東京子《いとうきょうこ》さん、そしてフリーでドラマ監督をやっている一ノ瀬《いちのせ》さんの三人が、談笑しながら会議室に入ってきた。どこかでキャスティングの相談でもしていたのだろう。

「お疲れ様です」と僕は立ち上がってみんなに挨拶する。まともに挨拶を返してくれたのは京子さんだけだった。

「……なんかホントに疲れてるね。あぁ、徹夜明け？　大丈夫？」

「いやあ、全然平気ですよ！」

カラ元気で僕は答える。京子さんに弱気な部分を見せるわけにはいかない。

なぜなら僕が今ここにいられるのは、正真正銘、京子さんのおかげだからだ……。

京子さんと出会ったのはシナリオスクールだった。

今から三年前、僕は二十九歳だった。

京子さんが所属している脚本家事務所が『シナリオ実践ワークショップ』と銘打った講座を新しく開設し、僕は受講生になった。京子さんはそこで講師をしていた。十歳年上の京子さんは、すでに売れっ子脚本家だった。本業が忙しい中、なぜワークショップの講師をしていたのかというと、『シナリオ実践ワークショップ』が立ち上がったばかりで、受講生募集のための話題作りとして駆り出されたようだった。僕にしてみれば、第一線で活躍中の脚本家から直接学ぶことができる願ってもないチャンスだった。

毎週水曜日の夕方、『ニュースジャンクション』の定例会議を終えたあと、僕はその足でワークショップに通い続けた。

ワークショップの流れはこうだ。まずは課題として用意されている『別れ』や『笑い』といった二十個のテーマの中から好きなものを選び、自宅で短編シナリオを書く。それをワークショップに持参し、十人ほどの受講生たちの前で朗読し、みんなの感想を聞く。そして最後に京子先生からの講評を聞く。さらにシナリオの原本を提出すると、京子先生が赤ペンで添削をしてくれる。

僕は一年かけて、なんとか二十本の課題を書き終えた。その間、課題で書いた短編シナリオを長編に仕立て直し、東都テレビの『新人シナリオグランプリ』に応募したところ、運良く佳作に選ばれた。それが決め手となって、京子さんと同じ脚本家事務所に所属することができた。

それ以来、ドラマの制作会社が依頼してくる執筆の仕事を事務所が回してくれるようになった。仕事の多くは、ドラマ原作となるマンガを読み、詳細なあらすじをA4五枚程度にまとめるというものだった。そのあらすじは企画書に盛り込まれるが、もちろんドラマ化が実現するかどうかは分からない。根気と時間が必要な仕事ながら、報酬は安かった。でも人を楽しませる勘所を摑《つか》むのにとても役立ったと思う。そんな期間を二年ほど過ごし、京子さんがメインで脚本を務める連続ドラマ『風待ちの恋人たちへ』のサブライターとしてデビューすることになったのだ。

ドラマの主人公は、仕事、恋愛、友情に葛藤する二十代の男女二人。人生の四分の一が過ぎようとする二十代後半から三十代にかけて、自分の生き方や思い描いていた人生を送れていないことに戸惑い、焦燥感を抱える——そんな『クォーターライフ・

クライシス』と呼ばれる若者たちのモヤモヤ感に焦点を当てた、京子さんのオリジナルストーリーだ。

僕が執筆を担当するのは、全十話のうちの三話と四話だ。あらすじを考え、シーンを割り、セリフを考案し、自分なりの物語を書き上げた。だが、京子さんと石塚さんが、どうしてもオーケーを出してくれない。主人公・沙希《さき》のセリフが弱いという。

今日の打ち合わせも、僕のために開かれたようなものだった。石塚さんが手元の脚本から顔を上げ、僕を見る。

「ここの『ごめんね、気にしないで』って、不倫相手からの別れ話を思い出して泣いちゃってるわけだよね？」

「はい」

「セリフちょっと普通すぎない？」

「うーん……」

僕は必死に考える――。隣にいる京子さん、向かいにいる監督の一ノ瀬さん、奈々美さん、石塚さん、みんなの視線が僕に集まる。ここでどんな返しができるかで、脚本家としての実力が測られてしまう。

「『あなたに、関係ないじゃん』……とか」

大した意図もないまま、反射的に答えてしまった。

「……ねえ、本気で人の気持ち考えてる？」

京子さんが呆れた口調で言った。

「考えてるんですけど……。ちょっとどうしても、女の子の気持ちが……」

「ははは……苦手そう」

場違いな笑い声の主は奈々美さんだった。きっと雰囲気を和ませようとしたのだろう。だが、奈々美さんの気遣いは無駄に終わった。女の子の気持ちを書くのが苦手――、それは脚本家にとって致命傷の事態で、笑い事ではないからだ。

「足りないと思うよ、分かろうとする気持ちが。脳みそねじ切れるぐらい考えないと、そりゃあ分かんないよ」

と京子さんが言った。

「はい」

と僕は頷《うなず》くしかなかった。

「さすがですねー京子さん、言葉に力がある」

一ノ瀬さんが茶化して言った。

「そんなパワハラみたいに言わないでよー。かわいがってるんですから」

そう言うと同時に、京子さんが、ばん！　と僕の肩を叩いた。意外に大きな音がした。僕は顔では笑いながら、内心はとんでもなく焦っていた。京子さんの期待に何とか応えなくてはならない。


京子さんが二番手の脚本家として僕に書かせたいと石塚さんに推薦してくれたのも、この会議室だった。

石塚さんは僕を値踏みするような目で見ると、続けてこう訊ねた。

「京子さんのお弟子さんってこと？」

「ワークショップで授業を受けてたので、そういうことになると思います」

「そんな大げさな、ただの事務所の後輩だよ」

京子さんが笑って口を挟んだ。石塚さんは真剣な目でこう言った。

「バーターっていうんじゃ、脚本を任せる理由になりませんよ」

「拓也の強みは、まさに当事者だってことね。子どもと大人の境目みたいな場所で生きてるから、このドラマの主人公たちと立ち場がすごく似てるの」

「リアルな感情を大切にしたいってことですか？」

「そう」

石塚さんが僕に視線を移す。

その目を見返して、僕は力強く言った。

「お願いします」

「じゃあ……、京子さんがそう言うなら、期待しますよ」

僕の「お願いします」は何だったんだ、と思いながらも、脚本家として参加することが認められ、熱い高揚感に体が包まれた。

石塚さんに会いにくるまでの道中、僕は、たとえ自分の脚本家デビューのきっかけが京子さんとのコネだったとしても、そのコネは自分で掴んだものだと自負していたから、なんら恥じるものではないと思っていた。

しかし、京子さんがなぜ僕を抜擢してくれたのかを知り、自分がするべきことがはっきりした。僕には、葛藤が多いライフステージを生きる当事者としてのリアルな感覚が求められている。自分の胸を開いて、心のパンツを脱いで、正直な自分をさらそうとそのとき決意した。そうすれば、きっとうまくいくはずだ。

たくさんの宿題が出た打ち合わせが終わり、テレビ局を出た僕は、家に帰るためタクシーを拾った。帰宅するのにタクシーなんて贅沢だ！　と思われるかもしれない。しかし、これには理由がある。

以前、今日と同じように徹夜した状態で電車に乗ったことがあった。そうしたら、吊り革に摑まったまま寝てしまい、電車の揺れで手が外れ、その場に崩れ落ちてしまった。すると急病人と勘違いした乗客が、電車の非常停止ボタンを押して大騒動に発展したのである。東都テレビのある虎ノ門から、江東区の南砂《みなみすな》にある自宅までのタクシー代は約四千五百円。決して安くはないが、もうあんな恥ずかしい迷惑をかけないよう、徹夜したときはタクシーで帰るようにしているのだ。運転手に家の住所を告げると、すぐに強烈な眠気に襲われ目を閉じた。

僕の家は自宅の一階で中華料理店を営んでいる。いわゆる町中華と呼ばれるタイプの店だ。赤地に白で『万来軒』と書かれたのれんをくぐり、店に入る。

「おかえりー」

と母の元気な声がする。

「ただいま」

と呟いて店内を眺めると、夕食にはまだ早い時間なので空いていた。四つあるテーブル席のうち、一番奥で仕事帰りらしい作業服姿の男性二人が、餃子をつまみにビールを飲んでいる。そして厨房に沿って設えられたカウンター席にはミドリさんがいた。

「拓也！　聞いたよー。あんたドラマの脚本書いてんだって？」

週に二、三回やってくるミドリさんは近所でスナックを経営している。うちの母とは幼なじみらしく、自分の店に出る前にこうして頻繁に母に会いに来るのだ。

「あー、うん」と適当な返事をしてやり過ごそうとしたが、逃がしてくれなかった。

「ねえ、誰が出るの？　ねえ！」

「まだ言えないよ」

「いいじゃないの、誰にも言わないいんだからさ」

ミドリさんが大きな声でそう言うもんだから、テーブル席の男たちが好奇の目でこっちを見ている。

「そういうのは情報解禁日っていうのが決まってるの、もうちょっと待ってよ」

「何よそんなもったいぶってさー」

「じゃあ……」

僕は厨房の冷蔵庫から、瓶のオレンジジュースを一本取り出す。

「もらうね」

そう声をかけると、父は鍋を振りながら一瞥を寄越した。「オーケー」という意味だ。

そのまま厨房の奥にある階段を上り二階に向かう。「絶対見るから、がんばんなー！」と、ミドリさんの大きな声が聞こえた。

二階にある六畳間が僕の部屋だ。小学校入学時に買ってもらった大きくて頑丈な学習机を今も使っている。あとは本棚と万年床だけという面白みにかける部屋だ。

栓抜きでオレンジジュースを開け、一気に半分ほど飲む。ようやく一息ついた。階下からミドリさんの笑い声が聞こえる。そして中華鍋と五徳が擦《こす》れるゴリゴリという音も……。

この家は両親が結婚するときに大借金して建てたものだという。そして父は結婚と同時にこの店をオープンさせた。だから僕は、生まれてからずっと「町中華の音」を聞きながら大きくなった。そう言うと、何かほのぼのとした印象を抱くと思うが、僕にも色々と複雑な思いがあり、今こうして「物書き屋」となったのも、家業を遠ざけたい思いが関係している。

庶民的な中華料理店が「町中華」なんてもてはやされるようになったのはごく最近のことで、僕が子どもの頃は単純に「ラーメン屋」と呼ばれていた。

友達の家から出前の注文が入ると暗い気持ちになった。汗と油が染み込んだ白衣姿の父が、原付バイクで出前に行くからだ。出前先が同じクラスの女子の家だと、もう恥ずかしくて仕方なかった。

友達の親は僕のことを「ラーメン屋のたっくん」と呼んでいた。「ラーメン屋の」と言われても、自分で選んだわけではないし、何か納得できない、理不尽なことを押し付けられた気持ちだった。

家にはいつも父と母がいて、黙々と働いていた。毎日が同じ仕事の繰り返し、出前できる地域が行動範囲のすべてだ。もちろんそうやって僕を育ててくれたことには感謝しているが、自分も同じ仕事をしたいとは思わなかった。息子に店を継がせようとは両親も考えておらず、進路を考えるときに父から「好きにしろ」と言われて僕はほっとした。

残ったオレンジジュースを飲み切り、改めてノートパソコンに向かう。石塚さんから修正を指示されたシーンをすべて書き直さなければいけない。

ようやく最後のページに（了）と書き入れ、窓際の万年床に寝転んだ。カーテンの隙間から空を覗くと、雲の間から薄明かりが差している。結局また徹夜になってしまった。ビクッと体が痙攣《けいれん》し、眠りの底に落ちそうになる。もう抵抗する理由はない。僕は布団に潜り込んだ。

目を覚ますと、もう夕方になっていた。

ぼんやりしている時間はない。夜に大事な仕事が待っている。

恵比寿の裏通りに佇む瀟洒《しょうしゃ》な三階建てのビル。ここが僕の所属している脚本家事務所『シークエル・クリエイターズオフィス』だ。

『シークエル』はSeek Well（よく探す）とSequel（物語の続き）のダブルミーニングなのだと事務所の社長が誇らしげに話しているのを聞いたことがある。

今日から僕は、事務所が主宰している『シナリオ実践ワークショップ』で講師を担当することになっている。京子さんの本業があまりに忙しいため、僕が代役を務めることになったのだ。事務所の上層部では、まだ「新人」の僕が講師を務めるのは時期尚早という意見が少なくなかったらしい。「現役」の脚本家が講師を務めるのが最大の売りであり、事実、計五つあるクラスでは、すべて「現役」で活躍している脚本家が教えていた。

反対意見を押し切れたのは、僕自身が『シナリオ実践ワークショップ』の卒業生であることが大きかったと京子さんが教えてくれた。実際にワークショップが輩出した脚本家が講師となれば、受講生たちの励みにもなるからだろう。

だけど内実は、ワイドショーの構成作家を辞め、脚本に集中すると決めた僕に対して、京子さんが食い扶持の足しを作ってくれたのだと思う。

事務所の二階にある一番大きな会議室がワークショップの教室になっている。

「ロ」の字に設置された長机に、十人の受講生たちが着席している。今、みんなの視線は、上座にいる僕に注がれている。

「今日から、京子先生に代わってみなさんのクラスを担当します藤田拓也です。よろしくお願いします」

「よろしくお願いしまーす」

受講生たちの挨拶には覇気がなかった。みな一様に戸惑った顔をしている。それは仕方のないことに思えた。受講生のうち半分は僕より年上に見える。（この若い人に講師が務まるのか……？）そんな心の声が聞こえてくるようだった。でもここで舐められては後が厄介だ。

「僕もみなさんと同じで、京子先生のワークショップに通っていました。そのときに新人シナリオグランプリで佳作に選ばれて……それがきっかけでここの事務所に所属することになりました。今は年明けからスタートするドラマ……東都テレビの月曜十時の枠で、京子先生と一緒に脚本を担当しています」

受講生たちは僕の話を聞きながら、だんだんと目を輝かせていった。それは決して誇張ではなかった。自分と同じ受講生だった人間が、数年後に地上波キー局のドラマで脚本家デビューを摑んだのだ。目の前の彼らにとって、紛れもなく僕は目指す場所に辿《たど》り着いた存在なのだ。そう思うと顔がにやけた。僕は必死に表情を引き締める。

「じゃあリラックスしてやっていきましょうか。さっそくですが、書いてきた人いますか？」

「あ、じゃあ、はい……」

手を挙げたのは、大きな瞳が印象的な女性だった。席順が載った名簿を見ると、斎《さい》藤玲香《とうれいか》、とある。併記してある生年月日から素早く年齢を計算する……二十四歳だ。

「じゃあ斎藤玲香さん、お願いします」

「はい」

玲香はクリアファイルから自作のシナリオを取り出し、朗読を始める。

「タイトル、二つのプレゼント……」

みんなが玲香の声に耳を澄まし、彼女の読み上げる物語に集中する。この緊張感を僕は懐かしく感じる。

受講生たちはお互いにプロの脚本家を目指しているライバル同士だ。目の前で読み上げられる物語が面白ければ嫉妬するし、つまらなければ時間の無駄だったと腹立たしい気持ちになる。同時に、駄作で良かった……と安堵する。そんなごちゃごちゃの感情を数え切れないほど味わうことになるのが、このワークショップだ。

玲香が選んだ課題テーマは『プレゼント』だった。物語の中で小道具をうまく機能させることがこの課題の目的だ。

彼女のシナリオのあらすじはこうだ……妻と別居中で離婚間際のサラリーマンが、仕事先の女性から「ハンカチ」をもらう。普段は選ばないような高級なものだった。どうやらその女性は彼に気があるようだ。

男は久しぶりに妻子と会うことになる。子どもは彼の誕生日プレゼントにおこづかいで買った「ハンカチ」をサプライズで用意している。男は子どもが食べこぼしたのを見て、女性から贈られたハンカチを取り出す。それを見た子どもは、自分の買ったものでは喜んでくれないかも、とがっかりする。そして妻は、彼に何か変化が起きていることを悟る、という内容だった。

感情の機微もよく書き分けられていて、力がある人だな、と感心した。

玲香の朗読が終わり、今度は受講生たちが感想を言う番だ。名簿の一番上から僕が指名する。

「じゃあ江藤《えとう》さん、感想をお願いします」

「はい。仕事先の女性と、奥さんと、すごく対比が利いてるなぁと思いました。ひとつ疑問だったのが、ハンカチは子どもが見て高級だとか安物だとか区別がつかないんじゃないかなぁと……もっと分かりやすいものが他にないかなぁとずっと考えてました……」

この人が噂の江藤さんか、と思った。

各ワークショップの定員は約十名となっていて、二十本の課題を書き上げるとめでたく卒業となる。そうやって人が抜けたところに、また新たな受講生が割り振られて入ってくる。そんな新陳代謝を繰り返す受講生たちの中で、いつまでも居座っているのが江藤さんだ。

名簿の生年月日によると、現在三十五歳。僕と入れ違いで、もう二年近く在籍しているらしいが、まだ一本も課題を書いていないという。「書かない脚本家志望」の異名を持ち、人の作品を批評するのが専門になっているらしい。

感想はあくまで、個人としてどう感じたかを伝えればいいのであり、批評やアドバイスは講師にまかせるのがルールだ。だが、江藤さんはたまに逸脱することがあると京子さんから聞いていた。僕も講師として、的を射たアドバイスをしなければ格好がつかない。

「登場人物たちの会話が、ちょっと説明的かなと思いました。状況よりも感情を意識して書くと、もっとよくなると思います」

玲香はうんうんと僕の話を聞きながらノートにメモをとっている。くりくりと動く大きな瞳がかわいらしい……。そのとき、出入り口の陰に、京子さんの姿を見つけた。僕の仕事ぶりが気になって見に来たようだ。

「日常会話では、セリフを徹底的に短くすることを意識してみてください……」

京子さんの手前もあり、僕はなるべく的確に、玲香のシナリオに対してアドバイスをするよう努めた。京子さんはしばらくすると、満足げな顔で引き返していった。

ワークショップを終えると、喋《しゃべ》りまくったせいか頭がクラクラした。同時に、シナリオと真剣に向き合ったという充実感に包まれた。

事務所を出ると、僕は受講生のみんなとチェーン店の居酒屋になだれ込んだ。京子さんも一緒だ。あの江藤さんが僕の歓迎会、そして京子さんへの感謝を込めて、飲み会をセッティングしてくれたのだ。江藤さんには、こんな面倒見のいい一面もあることを知った。

　この居酒屋は、僕もワークショップにいた頃、よく仲間たちと通っていた。隣の学生たちがひどくうるさくて、僕たちもテーブル越しに話すときには自然と大声になった。そんなことも、まるで自分が受講生に戻ったようで懐かしい気持ちになった。

　ここ数日の忙しさを乗り切ったという達成感もあって酒が進んだ。隣に玲香が座ってくれたのも内心嬉しかった。

「ワークショップでどんなの書いてたんですか？」

　とか、

「コンクールに入選しやすいものの傾向ってありますか？」

　と、玲香から質問攻めにされたが、僕が何か喋るたびに、うんうん、と大きな瞳で見つめながら相槌を打ってくれるので、僕はすっかり気分が良くなってしまった。

「昨日……っていうか今日の朝、ついに書き切った！　デビュー作！」

「えーすごい楽しみー！　私、絶対観ます」

「うん、よろしくね！」

「ライン交換しませんか？　観たら感想伝えたいんで」

「ああ、いいよ」

「やったー！」

そう言って玲香はスマホを操作し始めた。女の子とラインを交換するなんて久しぶりだな、と考えていたら、京子さんにしっかり睨《にら》まれた。首をゆっくり、左右に振っている……。慌てて僕は玲香に告げる。

「あの、やっぱり感想はさ、ワークショップのときにでも、じっくり聞かせてよ」

「え……？」

玲香もすぐに京子さんの視線に気づいて、「じゃあ直接……」とスマホをテーブルに置いた。さすが勘の良い子だと思った。京子さんは僕らのやりとりを見届けると、

「ごめん、ちょっと一本だけ電話」

と言って、せわしなく席から離れていった。

「忙しそうですね、京子先生」

僕の向かいにいる横山《よこやま》美緒《みお》が不満げに呟いた。

「売れっ子だからねー」

と訳知り顔の江藤さんが言った。

美緒は玲香と同い年で、ワークショップの卒業まであと少しのところに差し掛かっている。京子さんに憧れているようで、もう会えなくなるのが寂しいのだろう。

「ワークショップなんて、今さらやってられないってわけですか……」

「ちょっと……」

玲香がやんわりたしなめた。

ここは、僕が新しい講師として美緒を諭さなくてはいけないだろう。

「書く時間てさ、そうやって無理やりにでも自分で作らなきゃダメなんだよ」

思わず口調が説教臭くなってしまった。美緒も突然のことに驚いた顔をしている。

僕は構わず喋り続けた。

「俺もさ、ワイドショーの構成、辞めちゃった」

「えー、構成作家かっこいいのにー！」

玲香が、もったいないといった感じで目を見開いた。

「そんなことないって！　ただ便利に使われてるだけなんだから……。そうやっていつまでも目先の仕事に流されてると、結局は助産師で終わっちゃうからね」

「え？　助産師？」

美緒が身を乗り出してきた。僕は構わず続ける。

「そ、人の出産の手伝いってこと。やっぱり自分が妊婦になって、自分で自分の子どもも産まないと」

「はあ？　何言ってんですか？」

美緒が不満をあらわにした。しかし彼女と議論めいた話をするつもりはない。

「ここでいう子どもっていうのは、もちろん自分の作品ってことだからね。何か勘違いしないでね……」

そう言って僕はトイレに向かった。


自分でも気づかないうちに、だいぶ酒に酔ったみたいだ。立っているのも辛くて、個室の便器に座って用をたした。

ドアを激しく叩かれる音で目が覚めた。いつのまにか眠ってしまったようだ。

「大丈夫ですかー？」

と男の声がする。たぶん店員だろう。声に怒気が含まれている。

「はい、出ます。大丈夫です」

そう返事をすると、何も言わず戻っていく店員の足音が聞こえた。

席に戻ると、もうみんなの姿はなく、テーブルを片付けていた店員から、「みなさんもう出ましたよ」と告げられた。

荷物を持って外に出ると、京子さんが受講生たちを駅のほうに送り出したところだった。

僕を置き去りにしたことから察するに、京子さんはきっと怒っている。僕に気づくと、ツカツカと詰め寄ってきた。

「こらー、あんたがベロベロになってどうすんの？」

「あーいや、そんな酔ってないです」

「妊婦とか助産師とか言ってたらしいね。何なの？　あなた出産至上主義？　ほんとセクハラだからね」

「いやそんな、自分の書きたいものを産み出すっていう、たとえじゃないですか」

「じゃあ、拓也の書きたいものって何なの？」

刺すように京子さんが言った。そんな突然……卑怯だ、と思った。

「……一言じゃ無理ですよ」

「自分の言葉、大切に扱いなさいよ。脚本家でしょ？」

そう言って、京子さんは僕の表情をうかがう。

……そうだ、僕はもう脚本家なんだ。そう心の中で呟くと、思わず鼻が膨らんだ。

「ちょっと何笑ってんの？」

「もう、脚本家ですもんね」

「何よ気持ち悪い！　もう帰るよ！　電車？　タクシー？」

「大丈夫です。お疲れ様です」

頭を下げ、僕は駅と反対側に歩き出す。

「どこ行くの？」

心配そうに京子さんが言った。

「ちょっと、歩きたいんで……」

そう言うと、京子さんはもう引き止めなかった。

もう僕は脚本家になったんだ。その達成感を噛み締めながら、もう少し飲みたかった。飲み屋が並ぶ通りをふらふら歩いていると、

「お兄さーん！」

と声を掛けられた。キャバクラのボーイだ。

「お兄さん、かわいいコいますよ、かわいいコ」

「……ホントですか？」

「ホントホント、お兄さんツイてるわ。かわいいコちゃん警報発令中やから」

関西弁のボーイに導かれるまま、雑居ビルのエレベーターに乗った。

五階で扉が開くと、直にキャバクラのフロアにつながっていた。

「お客様ご来店でーす！」

ボーイに促されソファー席に座り、辺りを見回した。

フロアには三十席ほどが設けてあり、その半分ぐらいが埋まっていた。お店の女の子たちはみな一様に、白いYシャツに黒のタイトスカートという格好だった。そういえば看板に『美脚キャバクラ』と書いてあった。

向かいの席にいる女の子を見ると、たしかにスカートの丈は短く、脚はむき出しだが、果たして美脚といえるだろうか……そう考えながら、ボーイに出された焼酎のロックを飲んだ。

「はじめましてー、よろしくお願いしまーす」

と、僕の席に女の子がやってきた。

「……隣、失礼しまーす。りえです」

彼女は僕のすぐ横に腰掛けると、胸に付けた手書きのネームプレートをつまんで見せた。

「ああ、りえちゃん、よろしく」

横目で彼女の姿をたしかめると、小さな顔はシャープなラインで縁取られ、長いまつ毛の奥にある黒い瞳は、店の照明をみずみずしく映し出している。スカートから伸びた脚はスラリとなめらかで、まさしく美脚だった。

グラスについた水滴を、ハンドタオルで拭き取りながらりえが言った。

「今日は飲んで来たんですか？」

「そう、仕事でね」

りえは落ち着いた雰囲気ながら、鈴の鳴るようなかわいらしい声だった。少し緊張している僕を、りえが訝《いぶか》しげな顔で見ている。

「え、なに？」

「……ああ、お仕事、大変そうですね。何されてるんですか？」

「……驚いて声とか出さないでね」

「……はい」

「……脚本家です」

ようやく言えた。僕はこのセリフを人に言ってみたかったのだ。職業を聞かれて「脚本家です」と。でも、りえから期待した反応は返ってこなかった。彼女はただ、僕の顔をきょとんと見ている。

「分かる？　脚本家」

「……え、はい」

「もう、反応にぶいよ」

「びっくりしちゃって……。すごーい！　あの私、何さんて呼んだらいいですか？」

「ああ、藤田です」

「藤田さん、どんなの書いてるんですか？」

「年明けスタートのドラマでデビューさせてもらいます。東都テレビの月曜十時」

「すごーい！　ゴールデンでデビューってことですか？　それってすごいですよね？」

「うん、正しくはプライムね。けっこうすごいと思うよ、我ながら」

「私も一杯いいですか？　お祝いに乾杯しましょう」

「ああ、いいね」

りえは手を上げてボーイを呼び寄せると、慣れた様子で「ミモザお願いします」と言った。僕のほうに向き直るとき、彼女の膝が、僕の膝に軽く触れた。

「あの……、どうやったら脚本なんて書けるんですか？」

「あのね、本気で考える！　脳みそ、ねじ切れるぐらい」

「……脳みそ、ねじ切れる？」

「うん、じゃないと人の気持ちなんて分かんないでしょ」

「……ですよね」

京子さんからいつも言われていることを、つい自分の言葉のように喋ってしまった。チクリと胸が痛んだが、僕はその痛みに気づかないふりをした。

りえは、ボーイからスラリとしたグラスを受け取ると、僕に向かって傾けた。

「じゃあ、乾杯」

「カンパーイ！　デビューおめでとー俺ー！」

「おめでとうございまーす」

りえは笑顔でそう言うと、グラスを掲げ、コクリと一口飲んだ。僕も焼酎のロックを一気に飲み干す。そういえば、脚本家デビューに対して、誰かにちゃんと「おめでとう」と言ってもらえたのは初めてかもしれない。りえは僕のグラスに氷を入れ、新たに焼酎を注いだ。

「私もドラマとか映画大好きで……。昔、ちょっとだけシナリオの勉強してたことあるんです」

「そうなの？　俺、シナリオスクールの講師もやってるよ。りえちゃんのシナリオ読んでみたいなー」

「いやぁ、そんな……。プロの人に見せられるようなもんじゃないですよ」

「まぁね、そう簡単じゃないからね」

「ですよねー」

終電の時間を過ぎても、僕はりえの指名を延長し、閉店時間の深夜一時まで飲み続けた。

りえはミモザという酒を数杯飲んだが、全く酔っていなかった。一杯二千円もするミモザはシャンパンとオレンジジュースのカクテルらしい。でもこんな店じゃ、シャンパンなんてほとんど入っていないだろう。それでも奮発した甲斐があった。

「電車が出るまでカラオケ行こうよ」

りえをアフターに誘うと、すんなりオーケーしてもらえた。

カラオケボックスに移動して、僕とりえは三時間ほど一緒に過ごした。それぞれ歌って、飲んで、食べた。「また指名するね」と約束して、りえとラインを交換した。

電車の始発時間を迎えたので、僕たちは店を出た。かといってりえを電車で帰すわけにはいかない。財布から最後の一万円札を取り出し、りえに渡した。

「これで、タクシーに乗って」

「……うん、ありがと」

りえはさすがに疲れたのか、まるで感情のない顔で一万円札を受け取った。

「じゃあ、気を付けてね……」

そう言ってりえと別れ、僕は駅に向かって歩き出す。足元がふらつく。かなり意識しないとまっすぐ歩けない。こんな僕の姿を、彼女は心配して見守っているかもしれない。

振り返ると、もうそこに、りえの姿はなかった。

第二章　りえ

タクシーの後部座席は暖房が利き過ぎていた。私は窓を開け、冷えた空気を車内に取り込む。滲み出た額の汗が少しずつ乾いていく。

手の中に、彼が渡してきた一万円札がある。彼が脚本を書いて稼いだ金だと思うと、財布にしまう気にはなれなかった。私と彼、藤田拓也は、二年ほど前に一度顔を合わせている。店で飲んだあと、さらに三時間も一緒にカラオケをしていて気づかないということは、もう全く私のことなど忘れてしまったのだろう。そもそも当時から、私の存在を認識していなかったのかもしれない。

それにしてもさっきのカラオケにはうんざりした。

彼は何曲もひとりで歌い続けた。そのうえ、選曲のすべてが男性ボーカルのバラードだった。

私は気分を変えたくて、ドリンクと食べ物を注文した。

「お待たせしましたー」

ノックもせずに店員が入ってきて、ウーロンハイ二つとチャーハン、スナックの盛り合わせをテーブルに置いていった。湯気を上げているチャーハンは冷凍モノに違いなかったが、一口食べると意外においしかった。ようやく歌い終わった彼の前に、私はチャーハンの皿を差し出した。

「食べる？　チャーハン、おいしいよ」

「いい。俺、チャーハン食い飽きてるし」

そう言って断った彼の口調は、あきらかに「何で？」という次の言葉を求めていた。

私は、仕方なく応じた。

「何で？」

「家が中華屋なの。親が二人でやってんの」

「え、私、中華大好き。なんてお店？　なんてお店？」

中華が好きなのは本当の話だ。検索しようとスマホを取り出すと、

「いーよ、そんな大した店じゃないし」

と彼にはぐらかされた。実家がバレるのを警戒しているみたいだ。私は肩がぶつか

るまで彼との距離を詰めた。

「えー、教えてよ、教えてー」

「いや、いいよ恥ずかしいから」

「ちょっと見るだけ、お願い」

「……うーん、あー、万来軒、万来軒」

あっさりと白状したその店名を、グルメアプリに打ち込む。すると、たくさんの写真と口コミが表示された。けっこうな人気店みたいだ。

「え、星の数4・0。すごーい！」

「常連客しか来ないから、採点甘いんだよ」

「えー行ってみたいなー。今度行ってもいい？」

「いやいや、まぁいつかね、いつか」

もしも私が店に行って、この人の親の前に姿を現したら、彼はなんて説明するのだろう。焦る顔を想像すると、何だか愉快な気持ちになった。「また指名してね」と言って彼とラインを交換した。

板橋の家に到着すると、夜はもうすっかり明けていた。タクシー料金を彼に渡された一万円札で払うと、わずかなお釣《つ》りが返ってきた。

目の前に、築五十年近い都営マンションが寒々と佇んでいる。物心ついたときから今日までずっと、お世辞にもきれいとはいえないこの都営マンションで暮らしている。

エントランスに入ると、蛍光灯の明かりがチラついていた。エレベーターを通り過ぎ、自分の家がある三階まで階段を上っていく。エレベーターを使わないのには理由がある。

つい一月《ひとつき》前の深夜、エレベーターのボタンを押して到着を待っていたときのことだった。すぐ近くの部屋から老女が顔を覗かせた。

「すみませんが、エレベーターやめてもらえますか」

さも迷惑そうに、非難めいた顔で抗議された。状況を飲み込めずにいると、

「音が響いてね、旦那が痛い痛いって言うから困ってるんですよ。……がんで手術してね」

と事情を説明された。これまでに何度も同じことを住人たちに話してきたのだろう、老女の口調には淀みがなかった。そう言われたら、エレベーターは諦めるしかない。

それ以来、夜でも昼でも、私はエレベーターを使うのをやめた。古いマンションなので、住人たちも総じて高齢になっている。がんだという旦那さんは、今どうなったのだろう……。


スチール製の重い玄関扉を開け、廊下とほぼ段差がないたたきで靴を脱ぐ。短い廊下を通って台所に入ると、テーブルで母が缶チューハイを飲んでいた。

今は朝の六時だ。昨夜から寝たり起きたりを繰り返し、この時間まで飲み続けていたのだろう。空き缶の数から、容易に想像がついた。

「ただいま」と言っても、母は私に目もくれずテレビに見入っている。そんな態度でしか、私への不満を表すことができない母を哀れに思う。母の酒量を制限するため、私は毎日二千円ずつ渡していた生活費を、数日前から千円に減らしていた。それでも母は食べる物を減らして、酒ばかり飲んでいる。

自室でコートを脱ぎ、ベッドに体を横たえた。枕元の棚に腕時計を置くと、その拍子に写真立てがパタンと倒れた。起き上がって元に戻すと、写真の中の自分と目が合った。それは、私が小学生になったばかりの頃、家族で動物園に出かけたときの写真だ。

母は私の後ろから手を回し、すっぽりと私を抱きすくめて笑っていた。父の姿がないから、たぶん撮影係だったのだろう。

いつもは全く気にも留めない写真なのに、しばらく見入ってしまった。さっきのカラオケで、彼の家族の話を聞いたからだろうか。両親がいつも家にいて、町中華の店を二人で切り盛りしている……まるでドラマの中の、作り物の家族のようだと思った。私の家とは違いすぎて、うまく想像ができなかった。

母はもともと内気でマイペースなところがあった。専業主婦である上に団地での近所付き合いが苦手で、話し相手はほとんど私と父だけだった。私たちが学校や仕事から帰ってくるのを心待ちにしていた。

測量機器を扱う会社の営業マンだった父は、金銭的にも精神的にも、べったりともたれかかってくる母を次第に重荷に感じたのだろう。水商売の女と関係を持ってしまった。その女のために金を工面するようになり、浮気は母の知るところとなった。父からすれば、もう隠す気すらなかったのかもしれない。

それから母は大量に酒を飲むようになった。そして夜毎《よごと》に父と言い争いを続けた。

「私なんか死ねばいいと思ってるんでしょ」

言い争いに疲れると、母は決まってそう言って泣き出すのだ。それが喧嘩終了の合図でもあった。布団の中でじっと喧嘩の声に耐え忍んでいた私は、母の泣き声が聞こえてくるとほっとした。


父が家を出ていったのは、私が高校二年生のときだった。いつもより遅い時間に家に帰ると、台所の食器や炊飯器、とにかくありとあらゆるものが部屋中に散らばっていた。

食卓の椅子に父だけが座っていた。作業用のジャンパーを着ているところを見ると、仕事から帰ってすぐに母と言い争いになり、酒に酔っていた母が大暴れしたのだろう。

「お母さんは？」

私の問いかけに父は答えず、手の平で顔を強く擦った。

「捜してくる」

父が徒労感を滲ませ立ち上がった。私の横を擦《す》り抜けて行ったとき、もう二度と戻ってこないような気がした。

「行かないで！」

父は足を止め、私を見た……しかし何も言わなかった。

「ずるいよ」

あの母を、私ひとりに押し付けるなんてずるい。

父は無言のまま、家を出ていった。

それから数時間して母が家に戻って来た。ひどく酒に酔っていて、布団に入るとすぐに鼾《いびき》をかいて眠り出した。

私はめちゃくちゃにものが散乱した床から、写真立てを取り上げた。そこには父が動物園でシャッターを切った、母と私の姿が写っていた。あの人は、私たちを捨てたわけだ。そのことは絶対に許さないし、忘れない。私は写真を、自分の部屋に置くことにした。

父がいなくなったあと、母は一切の家事をしなくなった。

父との言い争いも母にとってはストレスの捌《は》け口《ぐち》だったようで、それができなくなった分、以前にも増して酒を飲むようになった。

口を開けば、「どうせ私なんて」「生きていたって何もいいことない」の繰り返し。父の悪口や何年も前の恨みを掘り起こして私に聞かせた。同情を買い、私を味方にしようとしているのだった。

「いいかげんにして！」と拒絶すれば、「どうせ私なんて……」に逆戻りした。


私は高校二年生にして、炊事洗濯などの家事一切をして、母から酒を遠ざけ、面倒を見た。父からは毎月の生活費が口座に振り込まれるだけだった。金を払えばそれで責任を果たしているとでも思っているのだろうか。私が一番許せないのは、そんな父の態度だった。

ちょっとおかしな母がいることを学校の友人や先生には知られたくなくて、私は誰にも相談せず、もちろん頼りもしなかった。家庭の異変を悟られないために、学校には休まず通い、成績もクラスで一桁の順位をキープした。

心が落ち着くのは、就寝前のわずかな時間だけだった。布団の中で本を読んだり、スマホでドラマを観て過ごした。現実とのつながりを、短い時間だけでも断ち切ることが必要だった。

奨学金を借りて入学した四年制の大学では、心を許せる友達と出会うことはできなかった。他の人と自分を比べるたび、どうして私だけがと、親ガチャの不運を恨んだ。チェーン展開している喫茶店でのバイトに明け暮れ、卒業後はたまたま内定をもらった中堅出版社の契約社員になった。

私が社会人になると同時に、父は生活費の振込をストップした。経済的にも私が母の面倒を見ることになってしまった。それが母に悪い影響を及ぼした。私が経済的に自立することで、自分が捨てられるのではないかという恐怖心を抱くようになってしまったのだ。私が仕事中でもお構いなしに「何時に帰ってくるの？　ママ、なんだか苦しくって……」と、本当か嘘か分からない体の不調を電話で訴え、私の気を引こうと必死になった。私が家に戻るまで、何度でも電話は続いた。だが、家で顔を合わせると、母はさっきまでのことなど忘れたように、平然と酒を飲んだりしていた。

仕事を辞めるきっかけになったのも母だった。

私が働いていた出版社は、海外旅行のガイド本や株式投資のムック本など、実用書をメインに出版していた。文芸の出版を志望していた私は、正直どれも興味が持てず、それが仕事への態度にも出てしまっていたのは認めざるを得ない。

女性の上司に目を付けられた私は、ある日、彼女の監督下で締切りが迫ったゲラの校正に追われていた。そんなときでも母からの電話は掛かってくる。画面に「お母さん」の文字が表示され、デスクの上でスマホが震え続けた。それは留守電になるまで止まらなかった。無視してゲラの校正を続けていると、三回目の電話のときに「早く出なよ、うるさいから！」と、向かいにいた女性の上司に叱られてしまった。

私は恐縮しながら席を離れ、廊下で電話に出た。

「何？　どうしたの？」

「ここ、嫌な人ばっかり」

どうせならこのタイミングで一度しっかり母をなだめておこうと思ったが、予想以上に時間がかかりそうな様子だった。私はなだめるのを諦め、やり過ごす方法に切り替えた。上司の苛立《いらだ》ちを思うと、一刻も早く席に戻りたかった。

「……お母さん、私ね、今忙しいの。帰ったら聞くから。じゃあ切るよ」

母の応答を待たずに通話を切った。

大きく息を吸い、気持ちを整える。仕事に集中しなければいけない。だが、また母から電話が掛かってきた。

「だから、今忙しいって言ってるでしょ！」

「誰かがずっと見てるの」

「そんなわけないよ……」

「……ほら、そこにいるんだから！」

ガシャンと大きな音が、私の耳を突き抜けた。母がスマホをどこかに投げつけたのだ。アルコールから妄想が生じたようだ。

「ねえ、お母さん出てよ！　ねえ！」

私の焦った声に、何人かの社員が何ごとかとこちらを見ている。しかたなく呼びかけるのをやめると、スマホの向こうから母のすすり泣く声が聞こえた。とにかく無事なようだ。もうどうにでもなれという気持ちで電話を切り、私はデスクに戻った。

再びゲラに向かうと、表紙の校正紙を手にした上司が詰め寄ってきた。

「あなたがふわっとした直しの発注入れるから、いつまでたっても完成しない」

怒りを隠さず、私の目の前に投げ置いた。

「細かいところいくら修正入れたって全体の印象は変わんないんだよ。いったい何をこの表紙で伝えたいの？」

こんなときに説教が始まってしまった。聞き流すのには慣れているが、そんな私の態度はとっくに見透かされている。

「どう思ってんの？　ねえ？」

上司はしきりに発言を求めてきた。そんなときにタイミング悪く、またスマホが振動する。今度は見たことのない番号からだった。

「誰なのさっきから！」

「……すみません。たぶん、母のことだと思います」

私が母の面倒を見ていることは上司も承知していた。普段から病院に付き添ったりすることが必要になり、「病気を抱えている」とだけ話していた。

「すみません、ちょっと出ます……」

長くなりそうな説教から逃れるため、知らない電話番号だったが母をダシにして廊下に向かった。上司はしかめ面で私を見送った。

電話に出ると、相手は警察だった。母がふらふらと外をひとりで歩いているところを警察官に呼び止められ、大暴れしたというのだ。電話口の警察官は慇懃《いんぎん》な口調で「保護してますので、迎えをお願いします」と言った。

デスクに戻ると、上司は同じ場所で私を待っていた。

「何かあったの？」

私は相当険しい顔をしていたようで、あれだけしかめ面をしていた上司が心配そうに訊ねてきた。だが、この状況を説明する気力は、もうすでになかった。

「ちょっと、行ってきます」

私は荷物を持って、出口に向かう。

「仕事は！　待ちなさい！」

上司がそう叫んだ。私は足を止めず編集部の部屋を出た。もうここには戻れないだろうな、と思った。


目が覚めるともう日が傾きかけていた。朝までカラオケに付き合ったせいか、体がだるかった。台所に行くと、母がまたぼんやりとテレビを見ていた。

私は、出版社を辞めキャバクラで働いていることを母には言っていない。まだ出版社にいた頃、コロナの影響で働く場所や時間が自由になった、という話を母にしたことがある。だが、もう一年間もこんな夜型の生活が続いていればさすがにおかしいと思うはずだ。しかし母が私に何か言ってくることはなかった。

私がどんな仕事をしていようと、母は酒を飲む暮らしができればそれでいいのだ。私の仕事にとやかく口出しすることは、彼女にとって何の得にもならない。母は私の「夜職」に気づいていないふりをしているのだ。

自分がキャバクラで働くなんてことを、私は想像したこともなかった。じゃあなぜこの仕事を始めたのかというと、出版社を飛び出したあとに、どうせなら全く考えたこともない仕事に就いてみようと思ったからだ。もうどうにでもなれ、という自暴自棄の気持ちも影響していたかもしれない。父は水商売の女とどこかへ消えてしまった。母は酒がなくては正気を保てないでいる。私の人生を狂わせた女と酒、その二つを掛け合わせた仕事に私は就いたというわけだ。

今にして思えば、それは偶然ではなかったのかもしれない。母が恨んでいる水商売をして、母を苦しめている酒を扱って金を得る。その金で母は生かされている。私は母に仕返しをしているのだ。自分は残酷で、最低の人間だと思う。

キャバクラの客である猪山《いのやま》は、同伴出勤前の食事場所にシュラスコの店を予約していた。長い串に刺さったステーキが食べ放題の店だった。

「え、もうお腹いっぱいなの？」

テーブルを挟んだ向かいで、猪山が言った。

「うん。もう本当にお腹いっぱい、何種類食べたんだろ？」

あざとさを狙ってお腹いっぱいと言っているわけではなく、スカートのホックを外したいくらい、本当にお腹が膨れてしまった。

サラダバーに続いて、イチボ、カイノミ、ランプといった、聞いたこともない希少部位のお肉が、巡回してくる店員によって次々とお皿にのせられ、私は必死に食べ続けた。

大手の運送会社で宅配ドライバーをしている猪山は、いつもこうした肉料理を好んだ。私の好物は魚の刺し身だが、これも仕事のうちと思って、「おいしい！」といつも笑顔で付き合っている。

「今日絶対遅れたくなかったからさ、昼食べないで仕事してたんだ」

猪山は皿に残った最後のお肉を口に運び、店員に肩ロースを追加注文した。

猪山と初めて会ったのは、キャバクラで働き出してすぐの頃だった。彼は飛び込みで店にやって来た客だった。店長に命じられて席に行くと、猪山は腕を組んで顔を強張らせていた。どうやら緊張しているようだった。なんだかこっちまで緊張しそうだったので、

「はじめまして、りえでーす」

と大げさな笑顔で挨拶した。

「ああ、どうも」

そう言って猪山は照れた表情を浮かべた。

三十歳になったばかりだという猪山は、無精ひげのせいかだいぶ年上に見えた。職場は男性ばかりで普段は全く女性と接する機会がないという。なんだかお見合いしているみたいで可笑《おか》しかった。猪山は私のことを、キャバクラにいる女の子っぽくないと気に入ってくれて、延長したうえに私を指名してくれた。一緒に三時間ほど飲んで会計となったとき、私は店のマニュアルどおり、猪山にラインの交換をお願いした。

それからというもの、猪山は私の営業ラインに律儀に応じて、週に一回、少し間が空いても二週間に一回は店に来てくれるようになった。

「私を初めて指名してくれたお客さんだから、猪山さんは特別なの……」

私がそう言うと、猪山はいつもはにかんだ笑みを浮かべて喜んだ。「初めて」という言葉に特別感があるようだ。いわばファン一号の称号を、猪山は悪く思っていないようだった。

店に来た当初、猪山の会計額は二、三万円だったが、最近ではちょっとおねだりするとシャンパンを開けてくれるようになり、毎回五、六万円は使うようになっていた。

盛り上がって猪山の会計が初めて十万円を超えた日、店長が私に言った。

「そろそろ難しくなる頃だから、困ったら言ってね」

これまでに使った金額が大きくなると、何かと見返りを求めるようになってくるという。

すると、すぐに店長の言う通りになった。猪山は私に対して「冷たくない？」とか「俺のことどうせ客としか思ってないんだろ？」とか、不満を示すようになった。「ありがとう」「楽しい」「大切に思ってるよ」そんな言葉をラインで送ると、短い間は満足してくれた。でも最近は要求がエスカレートして、私を旅行に誘うようになった。当然、下心があってのことだ。

「母が病気で、私が面倒見ないといけないの……」

そんな断り文句を、猪山は体《てい》のいい嘘だと思っているみたいだ。キャバクラでの出会いなんて、女の子と客の疑似恋愛でしかないのに、そう割り切って楽しむだけの余裕が猪山には備わっていなかった。私にとってはありがたい固定客なので、ついつい甘え続けたせいで、自分を面倒な局面に追い込んでしまった。

シュラスコを食べ終えた猪山と私は、タクシーで店に向かった。もちろん食事代もタクシー代も彼が支払った。

店で飲み始めるとすぐに猪山は言った。

「今度さ、ディズニーランドに泊まりで行こうよ……すぐそこじゃん」

どうやら、一泊旅行のオーケーを取り付けるのが今日の目標のようだ。でも、さすがに宿泊は無理だ。これまでたくさんお金を使ってくれたことに感謝はしている。だから日帰りのシンプルなデートなら考えなくもなかった。私はふと思い付く。

「一泊は無理だけど、ゲームに勝ったらデートに行ってもいいよ」

「え、ほんと？　普通にデートしてくれるってこと？」

「うん、賭けよう。猪山さんが勝ったらデートに行く。私が勝ったらシャンパンお願い」

「いいよ、分かった。何やる？」

勝っても負けても、猪山には相当な金銭の負担がかかる。フェアではないこの賭けに、嬉しそうに乗ってくるなんてどうかしている……。

「じゃあ、これやろう！」

私はサイドラックに置かれている『黒ひげ危機一発』に手を伸ばす。樽の穴にプラスチックの剣を交互に刺していき、黒ひげの海賊人形が飛び出したら負けになる、あのゲームだ。

「よし、分かった。ジャンケンポン！」

と猪山が声を張り上げた。

ジャンケンに勝った私は先攻を選ぶ。

適当に穴を選んだら、あとは覚悟を決めるだけだ。このゲームにコツなどない。

「じゃあここ、いくよ、せーの！」

で剣を突き刺す。スカッと手応えなく、根本まで吸い込まれた。自然に「おー」と安堵の声が私と猪山から漏れた。予想しなかったハモリに、私たちは笑い合った。

次は猪山の番だ。

「じゃあ俺はここ……」

プラスチックの剣を右手でぎゅっとつまみ、左手でぐっと樽を固定した。

「いきます！」

剣を差し込むと、カシャンと乾いた音がして人形がビヨーン！　と高く飛び出した。カーンと高い音を響かせ、人形が床に転がった。私は大笑いし、猪山はテーブルに突っ伏した。一巡目で勝負が決するという劇的な結末に、私たちはしばらく笑い転げた。

「猪山様より、シャンパンいただきましたー！」

ボーイがうやうやしく開栓する。値段は二万五千円。

猪山は無言で苦笑いを浮かべ、私と乾杯した。

「りえさん、お願いしまーす！」

ボーイから声が掛かった。他の客から指名が入った合図だ。

「ごめんね、ちょっと行ってくる」

いったん猪山の席を離れて、他で接客しなければならない。

「戻ってきたら、このシャンパン全部飲めよー」

そう言って猪山は私を送り出してくれた。


それから十分もしないうちに、猪山の席から女の子のすすり泣く声が聞こえてきた。

「なんであんたがガブガブ飲んじゃうんだよ、ねぇ？」

猪山が女の子を問い詰めている。

「おまえのために頼んだんじゃねーよ」

私の代わりに猪山に付いた女の子が、シャンパンを遠慮なく飲むので腹を立てたようだ。女の子は昨日店に入ったばかりの新人だった。頑張ってたくさん飲まなきゃと張り切ったのが裏目に出てしまったようだ。女の子の涙は止まらないが、彼女の目は死んでおらず、猪山を横目で睨んでいる。

私はお客さんに断りを入れ、バックヤードに向かった。ボーイに助けてもらうためだ。フロアとバックヤードを仕切るカーテンをくぐると、ちょうど店長がいた。

「猪山さん止めてもらえますか？」

「え？　どうしたの？」

店長はカーテンの隙間から猪山の様子を覗き見た。店内の殺伐とした雰囲気を感じ取ったのか、チッと舌打ちして猪山のもとに向かった。

店長はほとんど膝で歩くかのような低い姿勢で近付くと、猪山の前にひざまずいた。

「猪山様、どうされましたか？」

「あのさ、この店おかしくない？　何で俺がシャンパン入れたタイミングでりえちゃん他に行っちゃうんだよ。入れてくれっていうから開けたのによ」

「ワンセットでりえちゃん戻ってきますので、もう少々お待ちいただけますか？」

「その間にシャンパンがぶ飲みする女よこして、戻ってくるまで時間稼ぎしてまた金使わせようってことだろ？　ほんとセコイよなこの店。もういいわ、会計！」

「……かしこまりました、申し訳ございません」

店長が猪山の席から女の子を連れて戻ってきた。

私は「ごめんね」とその子に謝った。だけどその子は、（おまえのせいだ）とでも言いたげな目で私を睨み、わざと足音を響かせて更衣室に入っていった。

本来は私のお客さんを怒らせてしまったあの子が、私に詫びるのが筋だ。でも、それを昨日入ったばかりの子に求めるのは無理な話だ。

猪山は五万円を超える会計をカードで払い、不貞腐《ふてくさ》れた態度でエレベーターに向かった。私はバックヤードを出て見送りに向かう。

「ごめんね、変な感じになって」

とエレベーターに乗り込む猪山に声を掛けた。しかし猪山は何も言わずにドアを閉じて帰ってしまった。

待たせていた客のところに戻ると、目の前で起きた騒動を蒸し返された。

「あれは小さい男だね。金が惜しいならそもそもこんなとこに来んなっていうの」

猪山のことを見下して、自分の男気をアピールしているつもりなのだろうか。私は客の話に適当な相槌を打ち続けた。

店のドライバーさんに送ってもらい、家に帰り着いたときには午前三時を回っていた。古い都営マンションを見られるのが嫌なので、いつも近所のコンビニで降ろしてもらっている。

台所のテーブルで、コンビニで買ったパスタサラダを食べていると、奥の部屋から母が出てきた。蛍光灯の眩《まぶ》しさに顔をしかめながら、握っていた缶チューハイをごくりと飲んだ。

母の荒《すさ》んだ様子はいくら見ても慣れることはなく、私はパスタサラダの蓋を閉じた。母は私の向かいに座ると、背もたれに掛けてあった毛布で体を包んだ。そんなに寒くはないはずだ。同情を買おうとする行為に、私は少し苛立つ。

「……食べる？　お母さんのもあるけど」

母は無言のまま、握りしめた缶チューハイをちびちびと飲み続けた。何か私に頼み事でもあるのだろう。それが何かは見当がついている。だけど、私から沈黙を破ることはしない。

「ねえ、少しお金くれないかな」

思った通りだった。

「ダメだよ、どうせまた飲むんだから」

「別に、もう好きで生きてるわけじゃないの、お酒ぐらい好きに飲んだっていいでしょ」

好きで生きてるわけじゃない？　死ぬ勇気も気力もないくせに……。

私は母を見据えた。

「何その目？　私のことバカにして。どうせ私なんていなくなればいいってあんたも思ってんでしょ！」

そう言うと、母は急に泣き出した。いつものパターンだ。昔の私なら、なんだかんだと母をなだめすかしていただろう。でも、もう疲れてしまった。私はコートとスマホを摑み、母を置いて家を出た。


屋上に吹く十二月の風は肌を刺す冷たさだった。

私が住むマンションの屋上にはフェンスがない。人の出入りを想定した造りではないはずだ。しかし、今日も入り口のドアには鍵が掛かっていなかった。ずさんな管理もこのときばかりはありがたいと思う。

私はひとりになりたいとき、よくこの屋上に来て、地上に散らばった家々の明かりを眺めている。五階建てのマンションの屋上は地上の生活をリアルに感じられるちょうど良い高さだった。

この明かりのひとつひとつに家庭があるなら、自分と同じように、親ガチャの外れを引いた人がきっと他にもいるはずだ——そう思うと心が少しだけ軽くなるのだった。

スマホに着信があり、見ると猪山からのラインだった。もう午前四時近い。店での怒りを引きずったまま、寝付けずにいるのだろうか。

『金に見合った楽しさがない。もう行かない』

ラインにはそう書いてあった。

金の切れ目が縁の切れ目——こういう仕事だから、それが普通だと思っていた。でも、猪山に対してはすんなりそう割り切れない思いがある。「私の初めてのお客さん」という言葉は、猪山を喜ばせるためではなく、自分を励ますための言葉だったのかもしれない。たくさん私を気にかけてくれて、たくさんお金を使ってくれる人がいるということが、素直に嬉しかった。だからこの一年間、仕事を続けてこられた。私は猪山に返信する言葉が見つからなかった。

『これから出演者と顔合わせだ－緊張する』

翌日の昼、家で身支度を整えていると、藤田拓也からラインが届いた。お客さんからのラインは、店に向かう電車の中で返信すると決めている。いちいち対応していたら、気が休まる時間がないからだ。でも、藤田拓也に関しては別だ。私はすぐさま返信する。うさぎが力こぶを作っているスタンプと一緒に、

『緊張はこれまで一生懸命準備してきた証拠だよ、大丈夫！』

というメッセージを送った。この手の格言めいた文章は、出版社で働いていたときに嫌というほど書いたので、今となっては何の苦労もなくそれっぽいものが湧いてくる。


平日午後四時の地下鉄は空いていた。藤田拓也の家は江東区の南砂にある。板橋の私の家からは、東京二十三区の端から端まで移動するかたちになる。

これから何をしようとしているのか、自分でもよく分からなかった。漠然と彼の家族を見てみたい欲求があるのは確かだ。見てどうなるものでもないことは分かっている。むしろ良い思いはしないだろう。治りかけのカサブタを、なぜか自分で剝《は》がしたく

くなってしまう――それに似た気持ちだった。

地下鉄の駅を出ると、私は『万来軒』までの道のりを地図アプリで確認した。

第三章　藤田拓也

『これから出演者と顔合わせだー緊張する』

ドラマ制作部のラウンジから、りえにラインを送った。

彼女と朝までカラオケをして別れたときから、暇さえあればラインのやりとりを続けている。

『りぃ』と表示された彼女のアカウントから、すぐにスタンプが返ってきた。うさぎが力こぶを作っているイラストに、『がんばって！』と書かれた吹き出しが付いている。立て続けに、

『緊張はこれまで一生懸命準備してきた証拠だよ、大丈夫！』

というメッセージが届いた。こうやって僕のために言葉を考えてくれることが本当に嬉しい。りえからのメッセージを心の中で反芻《はんすう》していると、

「お疲れ様でーす」

とふいに背後から声をかけられた。スマホを伏せて振り返ると、アシスタントプロ

デューサーの奈々美さんだった。

「どうしたんですか？　こそこそして」

「いやいや、別に……」

見ると、奈々美さんは上半身がすっぽり隠れるほどの荷物を抱えていた。茶色のクラフト紙で包装されたその中身は、たぶん刷り上がったばかりの台本だ。

「できたんですか？」

「はい、上がりました！」

「おー、ついに！」

奈々美さんは荷物をテーブルに置き、クラフト紙を丁寧に開けた。薄いピンク色の表紙の台本が中にびっしり詰まっていた。

「何冊要ります？」

と奈々美さんに訊ねられた。紛れもない僕の脚本家デビュー作だ。何冊もらったって足りないぐらい、大事にたくさん手元に置いておきたいのが本音だ。しかしそうはいかない。台本の裏表紙には、転売防止のためにナンバリングが施されている。誰に何番の台本を渡したのか、奈々美さんが記録して管理するはずだし、予算の関係上、そんなに余分に印刷していないはずだ。僕は妥当な線で、「じゃあ保存用も欲しいので二冊」とお願いした。

「了解でーす。お疲れ様でした」

奈々美さんが台本を手渡してくれた。

「ありがとうございます」

僕は、まるで賞状を受け取る小学生のように、二冊の台本を丁重に受け取った。

「準備できたら、声かけますね」

再び重い台本の束を抱えて、奈々美さんはせわしなく会議室に向かって行った。

僕は改めて手元の台本を見つめた。

『風待ちの恋人たちへ』という題字の下に『第三話／第四話』と話数が添えられている。ちょうど僕が担当した二話分が一冊にまとめられているので、ずしりと重みを感じる。

表紙をめくると、扉ページの文字が目に飛び込んできた。

『脚本：藤田拓也』

贅沢に一ページを割いて印字されている。

「きゃくほん、ふじたたくや」と、小さく心の中で呟く。そのとき、ある考えが浮かんで僕は会議室に向かった。

「奈々美さん！」

「はい？」

ちょうど机に台本を配って回っているところだった。

「あの、もう一冊いいですか？」

「え、いいですけど……そんな要ります？」

たしかに、奈々美さんの言うとおりだ……苦し紛れの言葉が口を衝《つ》いた。

「スーパー保存用で」

「スーパー保存用？　欲張りだなー」

茶化しながらも、一緒に脚本家デビューを喜んでくれる奈々美さんは本当にありがたい存在だ。

「じゃあこれ。孫の代まで大事にしてください」

そう言って、もう一冊僕に台本を渡してくれた。

会議室で主演俳優二人と主要スタッフの顔合わせが始まった。主な参加者はプロデューサーの石塚さん、一ノ瀬監督、主演の上原瑠菜《うえはらるな》、同じく主演の遠野勇樹《とおのゆうき》、そして脚本家である京子さんと僕だ。緊張感と高揚感が相まった、今まで味わったことのない感情が湧いてきて、なんだかくすぐったい気持ちになった。

「このドラマの原案者で、脚本家の伊東京子さんです」

石塚さんから紹介されると、京子さんはすっと立ち上がり、脚本に込めた思いを語り始めた。

「青春からそう遠くもなく、近くもない。そんな不安な季節にいる人たちを書いてみようと思いました。主演が瑠菜さんと遠野くんに決まって興奮しています」

僕の真向かいにいる上原瑠菜は、にこやかな笑みを浮かべて京子さんの話を聞いている。彼女の顔は、げんこつ二つ分くらいの大きさで、肌は陶器のようにつるつるで、大きな瞳がキラキラと輝いていた。

上原瑠菜と遠野勇樹は、二人とも京子さんが以前に脚本を書いたドラマに出演した経験がある。

た。

「よろしくお願いします」

と言って京子さんが挨拶を終えると、二人は気心の知れた仲といった笑顔で一礼した。

石塚さんは、続けて僕を紹介した。

「今回がデビュー作になる、京子さんの事務所の後輩で……、藤田拓也さんです」

京子さんのバーターで採用したとでも言いたげな口ぶりだったが、今はそんなことを気にする余裕はなかった。僕はかつてないほど緊張していた。こんな状態で気の利いた一言は無理だ。さらに京子さんの次とあっては言葉の力が違い過ぎる。素直にやる気をアピールしてこの場を乗り切ろうと決めた。

「は……はじめまして。藤田拓也と申します」

声が上ずってしまった。瑠菜と遠野が、まるで転校生を観察するような目で僕を見ている。自分の耳がどんどん赤くなっていくのが分かった。

「あの……、初めてのドラマですけど、精一杯生みの苦しみを味わって、満足いくものにしたいと思います。よろしくおなしゃす」

肝心なところで噛んでしまった。

「もう緊張しすぎ！」

京子さんから突っ込まれた。

瑠菜と遠野が笑うと、みんなも笑い出した。

「こちらこそ、おなしゃす！」

そう言ったのは、上原瑠菜だった。遠野もおどけて「おなしゃーす！」と続いた。

瑠菜が小さな顔の前でパチパチと拍手をすると、すぐに室内は温かな拍手に包まれた。

「ありがとうございます。よろしくお願いします」

僕はそう言うのが精一杯で、再び頭を下げた。


駅から家までの道を歩きながら、僕は顔合わせでの興奮を反芻する。上原瑠菜は裏表のない気さくな人柄だと噂には聞いていたが、まさしくその通り、いやそれ以上だった。

これまでも芸能人と接する機会はあったが、その多くは文化人枠のタレントさんで、俳優の方とは縁がなかった。間違いなく自分の人生が上向いている。

僕はまた、りえに会いたくなった。信号を待つ間、彼女にラインを送る。

『顔合わせ終わったー。来週時間あるときごはん行かない？』

すぐに『オッケー！』と、大げさに親指を立てたキャラクターのスタンプが返ってきた。

『私も誘おうと思ってた！　いつでも合わせるよ』

とメッセージも届いた。

夜のお店で知り合った女の子と、こうして連絡を取るのは僕だって初めてのことじゃない。客と一緒に食事に行くのは、彼女にとっては仕事の一部だ。食事のあとには店に同伴して、彼女を指名し、金を使うのが既定路線だ。でも今だけは、疑似恋愛であってもいいから、その甘美な時間に身を委《ゆだ》ねていたい。


店の戸を開けると、いつものように「おかえりー」と母の声がした。

カウンター席にちょこんと座っていた客が僕のほうを振り返る……りえだ。ついさっきのラインは、ここで打っていたということか……。

「……どうしたの？」

と僕が訪ねると、

「え、ああ……」

と、りえの視線がさまよった。彼女も動揺しているみたいだ。僕が「食べにおいで」と誘ったのだろうか……そんな覚えはない。まさか、全くの偶然というわけではないだろう。

「何？　お知り合い？」

と母が聞いてくる。

「あー、うん。ワークショップの生徒さん」

「そうなの？　最初から言ってくれたら良かったのに」

僕とりえの顔を交互に見て、母はにっこりと笑った。人を受け入れる度量の大きさに、自分の母ながら感心させられる。

「気をつかわせちゃうかなーと思って、内緒にしてました。すみません」

りえも大したもので、すんなりと僕の話に合わせてくれた。

「女の子ひとりなんて珍しいからさ、ホントは話しかけようと思ってたんだよ。ほら飲んで」

カウンター席にいたミドリさんが、りえのグラスにビールを注ぎ足した。

「おまえもなんか食うか？」

厨房から父が言った。

「いや、いらないよ」

このままだと、母とミドリさんはりえを長居させてしまう。なんなら僕も同席させて夕飯まで食べさせそうな勢いだ。それはさすがにきつい、色々とボロが出てしまう。

「あ、そうだ、シナリオ持ってきたんでしょ？　ここうるさいからさ、駅前の喫茶店にでも行こうよ」

「はい、すみません忙しいのに……」

と、りえが言った。

「いいじゃないのよ、ここでやればさー」

引き止めようとするミドリさんを僕は無視する。

りえは一口分残っていた「かに玉」をパクッと口に入れた。

駅に向かって歩きながら、僕は何から聞くべきか迷っていた。

するとりえが先に口を開いた。

「今度会ったときにね、写真見せて驚かそうと思ってた。ごめんね」

そう言って、りえはスマホの画面を僕に向けた。湯気をふんわりと漂わせた「かに玉」の写真が表示されていた。

「あの……、俺って、実家の話した？」

「え、覚えてないの？　カラオケのときしてたよ」

「そっか……」

カラオケに行ったことは覚えているが、何を話したかまでは記憶にない。あの日、酒を飲みすぎたせいで記憶が斑《まだら》になっている。

「さっき、ワークショップの生徒さんとか……変なこと言ってごめん」

「そんなの謝ることじゃないよ。さすがにキャバクラの女の子ですとは言えないでしょ」

りえは笑って許してくれた。

「お父さんとお母さん、すごく優しい感じだった。あと、あの……」

「ミドリさん？」

「そう、ミドリさん。お母さんが二人いるみたいだった」

「まぁ、色々と二倍うるさいけどね」

「うちはお母さんと私だけだから、うらやましいよ」

父親がいないのは、どんな理由なんだろう。さすがにそれを聞くのは憚《はばか》られた。

僕はちょうどいい別の話題を思い出した。かばんから「スーパー保存用」の台本を取り出す。

「これ渡そうと思ってたんだ」

「え？……台本？」

「そう。デビュー作、印刷されたから」

「私に？　いいの？」

「うん」

「すごーい！　ありがとう。デビュー作だ！」

りえは台本を両手で受け取り、空に掲げた。柔らかなピンク色の表紙が夕陽を照り返す。

「そうだ……サイン。サインもらってもいい？」

「えー、書いたことないよ」

「なおさらいいじゃん、初めてのサイン」

りえは、遊歩道の端にベンチを見つけ、僕を手招きした。

「表紙に書いて！　『りえちゃんへ』って」

僕は観念してペンケースから油性のサインペンを取り出し、まずは彼女の希望どおり、『りえちゃんへ』と表紙の右上に書き入れた。

次に書く『藤田拓也』のサインが難しいところだ。力んでしまうと、それらしく書くことができない。僕は肩の力を抜いて、『藤田拓也』と流れるように一気に書き上げた。仕上げに『藤』の草冠の部分、本来ならちょんちょんと縦線を入れるところに、◯を二つ描いてメガネに見立ててた。

「すごーい。ありがとう」

りえは台本を手に取ると、まるで子どものように目を輝かせて僕のサインを見つめた。

「ん……？　初めてにしては、なんか、すごく上手だね」

「そんなことないよ」

「いやー、これはサインの練習してたね。こっそり家で練習してたでしょー」

「してないしてない！」

「絶対してるよ」

「してないって！」

実は、りえの言ったことは図星だった。デビューが決まってから、僕はこっそり『サインの書き方』という本をアマゾンで買い、それを参考にデザインを考え、迷いなく手が動くようになるまで何度も自室で練習を繰り返した。でもそんなことは恥ずかしくて絶対に言えない。

駅に到着すると、りえは言った。

「今日私、お店ないから……、これから飲みに行かない？」

店への出勤がないということは同伴ではなく、プライベートでの誘いということだ……僕に断る理由なんて、何ひとつない。

「行くしかないでしょ！」

僕とりえは、地下鉄のホームに向かった。

クリスマスを二週間後に控えた渋谷のスクランブル交差点は、若者たちと外国人観光客でごった返していた。並んで歩いている僕とりえの間を、何人かが擦り抜けていった。すると彼女は、僕のダウンジャケットの肘を摑んで体を寄せてきた。

僕は照れ隠しに、

「迷子にならないでね」

と言った。

「うん、早く行こう」

りえに腕を引かれて歩く。目指すは彼女が行ってみたいと言った、卓球ができるバーだ。街を照らしているイルミネーションを見上げると、冷気で鼻の奥がツーンとした。例年なら、年の瀬独特の寂しさを感じるところだが、今日は胸の奥に温かいものを感じる。


黒で統一された店内は、早くも忘年会らしい団体客で賑わっていた。壁際には何台ものダーツマシンが置かれ、フロアの中央に設置された二つの卓球台がピンスポットの明かりで照らされている。

りえは一杯目のビールを飲み終えると、卓球台でラケットを握り、素振りしながら僕を誘った。その身のこなしは、明らかに卓球初心者のものだった。

「あれ、経験者じゃなかったの？」

思わずそう訊ねると、「え、初めてだよ」と彼女はさらりと言った。

「じゃあ何で卓球なの？」

「やったことないから、やってみたかったの……ダメ？」

「そんなことないよ。俺も遊びでしかやったことないから、ちょうどいいか」

するとりえは、

「あれ賭けようか？」

とカウンターに目をやった。

視線を辿ると、アクリルでできた水車のようなものに、いくつものショットグラスがぶら下がっていた。台座に内蔵されたLEDライトがチカチカと光り、ショットグラスを照らしている。まるで小さな観覧車だった。

店員にオーダーすると、同じものを卓球台の脇に置いてくれた。

ショットグラスの中身はテキーラだった。

「負けたら一杯ずつ飲むのはどう？」

と、りえが言った。

「負けたらって、一点取られたらってこと？」

「そう」

「俺はいいけど、ホントに大丈夫？」

「大丈夫だよ！」

いざ始めてみると、りえは一球目からすぐ空振りした。約束どおり、テキーラを口に運ぶ。ちょっと舐めただけで「うわー」と眉間にしわを寄せ、「飲んでー！」と僕に押しつけてきた。

これって間接キスだよな、と中学生みたいなことを考えながら、一気に飲み干す。喉が焼けるような感覚と共に、アルコールが胃に染みていった。

その後もりえの卓球は全く話にならなかった。だが、僕が点を取るたび同じようにりえに押し切られ、結局テキーラ観覧車にのっていた十二個のショットグラスをすべて僕が飲み干すはめになってしまった――。

激しい喉の渇きで目が覚めた。枕元に転がっていたペットボトルを摑み、半分ほど残っていた水を飲む。地割れしたような喉の奥に、水が染み込んでいく感覚があった。一息つくと、自分の部屋ではないことに気づいた。人いきれを薄めたような生臭さがある。手探りでメガネをかけると、僕はラブホテルのベッドの上にいた。

これはいったいどういうことなのか。辺りを見回すと激しい頭痛がした。頭蓋骨の内側で、脳みそを誰かに握られているような痛みだ。こんなに強烈な二日酔いは初めてだ。

うずくまって両手で頭を押さえていると、昨夜の映像が微《かす》かに頭をよぎった。僕はりえとこのベッドになだれ込んだ……はずだ。そこで、僕の記憶は途切れている。なんとかベッドから這い出て立ち上がると、砂袋が詰まっているかのように頭が重い。そして僕は、パンツしか身につけていなかった。

「りえちゃん……?」

浴室のほうに声をかけてみたが返事はなかった。トイレ、さらにはクローゼットの扉まで開けてみたが、彼女はどこにもいなかった。

いったい何があったのか、急に不安が込み上げてきた。記憶が抜け落ちるのは、こんなに恐ろしいことなのかと初めて知った。

床からダウンジャケットを拾い上げ、ポケットからスマホを取り出す。これまでりえに電話をかけたことはなかったが、今すぐ昨夜のことを知りたい。いかにも緊急事態のようで躊躇《ちゅうちょ》したが、りえのライン画面を開き通話ボタンを押した。コール音が鳴るあいだ、「出てくれ」と祈るような気持ちで待ち続けた。しかし、いくら鳴らしてもりえは電話に出なかった。しょうがなくメッセージを打つ……。気が急いて、うまく指が運べない。

『さき帰っちゃったの？』

『何かあった？？』

いつもならすぐに返事が来るのに、しばらくたっても既読すら付かない。彼女も酔って寝ているのだろうか。僕を介抱するためにホテルで寝かせ、異常がないのを見届けて彼女は家に帰った——そんな単純な出来事であってほしいと願った。

何か変わったことはないか……昨夜の痕跡を探すため、僕は頭痛を堪《こら》えながら、まずはかばんの中身を確認する。

ノートパソコンや財布、手帳、テレビ局の入館証など、何ひとつ欠けているものはなかった。ひとまずホッとして、次は自分の体を確かめた。特段、傷や痛みなどはない。次第に気持ちが落ち着いてきた。尿意を感じてトイレに向かう。終わると、性器の先から透明な液が糸を引いて便器の中に伝っていた。僕は彼女とセックスしたのだろうか。それとも、性的な高まりがあっただけなのか……。

トイレを出てすぐにベッドに行った。ヘッドボードの棚にコンドームが入った小袋が置かれている。開けた形跡はなく、コンドームが二つ入ったままだ。明らかに未使用だ。ベッドサイドのゴミ箱も空のままだった。

僕はこれまで性行為のときには必ずコンドームを使用してきた。例外はなかった。そう考えると、りえとの間には何もなかったことになる。

一方で、記憶をなくすほど酒を飲んでいた僕が、そんな正常な判断ができたのかという不安も残る。同時に、泥酔している男が物理的に性行為をできるのかという疑問も浮かぶ。

いずれにしても、りえ本人に確かめなければいけない。また頭が痛くなってきた……ガンガンと脈打つ痛みは、不幸が忍び寄ってくる足音のようにも思えた。僕はパンツ一丁のまま、ベッドにうずくまって体を丸めた。

通勤ラッシュを横目に、家に帰り着いたのは朝の九時過ぎだった。僕は店の玄関の前で立ち止まる。のれんが掛かっていない戸の向こうで、すでに両親が仕込みを始めている雰囲気を感じる。できることなら顔を合わせたくない。玄関を離れて裏口に回った。裏口は厨房に直結していて、二階に通じる階段に一番近い。音を立てなければ、こっそり二階に上がれるかもしれない。慎重にドアを開け、体を滑り込ませる。

「あー、帰ってきた」

母に見つかった。運悪く、裏口の真正面で餃子の皮包みをしていた。

「あの……、シナリオの直しが出て、急に呼ばれてさ……」

母は何も言わず、餃子を包み続けている。絶対に嘘だと思われているに違いない。昨日の夕方、りえと一緒にこの店を出たわけだから、僕の言い訳は明らかに不自然だった。

父を見ると、我関せずといった様子でスープの灰汁《あく》を取り続けている。三十を過ぎた息子の朝帰りなんて、見たくも知りたくもないはずだ。

「もらうよ」

冷蔵庫からオレンジジュースを一本抜き取り、僕は階段を上がった。部屋で荷物を置くとすぐにラインを開いた。りえに送ったメッセージは未読のままだ。もう一度電話してみたが、結果は同じだった。

『昨日のこと、全然覚えてないんだけど、俺、大丈夫だった？？？』

為《な》す術《すべ》なく、またメッセージを送った。送信が完了してから、俺、ではなく『りえちゃん、大丈夫だった？？？』にすれば良かったと後悔した。取り留めもなくそんなことを考えていると、ラインの画面の上端に見覚えのない写真があるのに気づいた。

それは昨日の夜、卓球バーでりえが自撮りした僕らのツーショットだった。写真の中の僕はショットグラスを得意げに掲げていた。いったい何杯目なのか、だらしなく笑っている。その横で素面《しらふ》のりえが笑顔を見せている。どう見てもちぐはぐな二人がそこにいた。

それから数日間、僕はりえからの返事を待ち続けた。しかし、ラインは既読にもならず、いっこうに連絡はなかった。酔って醜態をさらした僕に幻滅したのだろうか。それなら僕もりえとの関係はもう諦めるしかない。そうなったとしても、何があったのか聞いたうえで、しっかり謝りたいと思っている。

シナリオのワークショップを終えて、僕はりえの勤めているキャバクラに向かった。出会ったのはちょうど一週間前の水曜日だった。毎週決まった曜日に出勤しているとしたら、今日も店にいる可能性は高いはずだ。

　繁華街を歩きながら、一週間前の浮かれていた自分を懐かしく思った。こんなに重苦しい気持ちで店を訪ねることになるなんて思いもしなかった。あんなに飲みさえしなければ、今頃もっと仲良くなれたはずだったのに……。

「かわいコちゃん警報発令中ですよー。いかがですか？」

　ボーイが道行くサラリーマンに声を掛けていた。僕を店に誘ったあのボーイだった。目が合うと、彼は愛想の良い笑みを浮かべて駆け寄ってきた。

「お兄さん、また来てくれたんですねー」

「あの……、りえちゃんいますか？」

「それがですねー、昨日突然辞めるって電話してきて、もうそれっきりなんですよ」

「え、何で？」

「僕もよく分かんないんですよ、直接聞いてないから。お客さんも連絡取れないんですか？」

「え、まぁ……」

もしかして、僕が何かしでかしたことが影響しているのだろうか。そう考えたら、急に恐ろしくなってきた。すでにりえが僕のことを店の上層部に話しているかもしれない。

「じゃあいいです」

そう告げると、僕は引き返さずそのまままっすぐ歩いた。来た道を引き返すと、駅に辿り着くまでに何者かが追ってこないとも限らない。繁華街の人混みに紛れたい気分だった。

「お兄さーん、新しいお気に入り見つけましょーよ」

ボーイがしつこく追ってくる。しかし僕が角を曲がると、そこでボーイはピタッと止まった。縄張りのような、彼らなりのルールがあるみたいだった。

りえが店を辞めたとなると、彼女に接触できる方法はラインのみとなった。僕にはもう、彼女からの連絡を待つしか手立てがなくなってしまった。

りえと連絡が取れなくなってもう一週間になる。

僕はもやもやした気持ちを引きずったまま撮影現場に向かった。今日から僕が書いた『風待ちの恋人たちへ』第三話の撮影が始まるのだ。

撮影現場の公園は、ちょうどイチョウ並木の落ち葉が地面を覆って、黄色い絨毯《じゅうたん》のように美しい景色を作り出している。脚本を仕上げるのが遅かったのに、こんな素晴らしい場所で撮影ができるのは、制作部が準備稿の段階から仮押さえをしてくれていたからだ。僕は本当に頭が下がる思いだった。

僕と京子さんが立っているモニターベースの向こうでは、監督の一ノ瀬さんが上原瑠菜と遠野勇樹に芝居の指示をしている。最初に撮影するのは、打ち合わせで石塚さんから「セリフ普通すぎない？」と駄目出しをされ、書き直した箇所だ。

一ノ瀬さんがモニター前の特等席に戻ってきた。

「じゃあ、本番！」と、助監督が声をあげた。

「いよいよだね」

と京子さんが言った。

「……はい」

僕はここまで自分を連れてきてくれた京子さんに感謝の思いでいっぱいだった。

「本番、よーい……ハイ！」

一ノ瀬さんの掛け声で本番が始まった。二つ並んだモニターの片方には、イチョウの大木に寄り掛かった上原瑠菜の姿。もう片方には、瑠菜の横顔をスケッチしている遠野勇樹の姿が映し出されている。今にも泣き出しそうな瑠菜の顔を、カメラが丹念に捉える。ここで、遠野のセリフだ。

「え、何？　どうしたの？」

瑠菜が何かを吹っ切ったような表情で答える。

「……お腹空いちゃった」

そこで「はい、カット！　オッケー！」と一ノ瀬さんが叫んだ。

僕が初めて書いた脚本は、今、こうして初のオーケーカットが生まれたというわけだ。本番中、思わず息を止めていた。鼻から大きく息を吸い込むと、透き通った空気が鼻の奥をツンと刺激した。ふと、りえのことが頭をよぎる。

そのとき、「おめでとう」と京子さんが言った。

その笑顔が心に染み入って、これまで感じたことのない充足感を味わった。

　昼食の時間になりロケ弁当を食べると、僕はロケ隊から少し離れて公園を歩いた。足を前に進めるたび、イチョウをかき分ける乾いた音がする。一面黄色に染まった公園はなんだか非日常に迷い込んだようで、最近の慌ただしさをいっとき忘れることができた。

「藤田さーん」

　と後ろから僕を呼ぶ声がする。振り向くと、上原瑠菜がこちらに向かって来ている。黒いベンチコートですっぽり全身を覆っていても、明らかに常人とは違う華やかさがある。

「お疲れ様です」と彼女を迎えながら、脚本に何か問題でもあったのかと身構えた。

「藤田さんの書くセリフって、すっごくリアリティあって、好きなんですよねー私」

「えっ、ありがとうございます」

「失恋して悲しいときでも、確かにお腹って空きますもんね」

「はい。脳みそねじ切れるぐらい考えました」

「なんですかそれ？　変なの」

　そう言って笑うと、「お疲れ様でした」と言い残し、上原瑠菜は控室を兼ねたロケバスに向かった。あの上原瑠菜が、僕を脚本家として認識してくれたことが嬉しかった。

そのとき、ポケットの中でスマホが短く震えた。見ると、りえからのラインだった。待ち焦がれていたメッセージは、意外に軽い文面で自然とため息が出た。

『お返事遅くなってごめんなさい。ちょっとバタバタしてました。今日って会えたりしますか？』

この一週間の不通を、ちょっとバタバタしてた、だけで済まされたことは不満だった。しかも、あの日何があったのかについては全く触れられていない。

言いたいこと、聞きたいことは山ほどあるが、ラインでそれを問い質すのは手間だ。僕はりえと連絡がついたことを素直に喜ぼうと思い直す。

『心配してた。大丈夫、会えるよ！』

その後、りえからの提案で、夜の七時に渋谷のカフェで待ち合わせることにした。

冷たい風が吹く中、明治通りを歩きながら、あの日の夜のことをもう一度思い出そうとした。しかし無理だった。そもそも心もとない記憶のかけらすら、時間の経過とともに吹き飛ばされてしまったようだ。

りえが指定したカフェはビルの二階にあった。通り沿いの壁はガラス張りになっていて、夜の渋谷の街がきれいに見えた。店員に「待ち合わせです」と告げ、賑わう客たちの中に彼女の姿を探す……まだ来ていないようだった。

すると、フロアのちょうど真ん中あたりの席で、男がこっちに向かって手を上げている。全く見覚えのない男だ。自分の後ろに誰かいるのかと思い振り返ったものの、誰もいない。やはり僕を呼んでいるみたいだ。

そう認識した途端、膝が細かく震え出した。きっと用件はりえのことだ。これからどんなことが起こるのか、あらかた想像できた。男の風貌からして、下手すれば暴力を振るわれるかもしれない。逃げ出したいが、体がうまく動かない。いや、逃げても自分の立ち場を悪くするだけだ。どんな話であれ、すべて、この場で決着を付けなければ、後でもっと大変なことになるはずだ。

僕は決心して、男のいる席に向かう。

「……何ですか？」

「あんた、りえの客だろ？」

「は？」

「ちょっとそっち座れよ」

男は短髪に無精ひげを生やしていた。体を動かす仕事をしているのだろう、細く引き締まった筋肉が、ワークシャツの上からでも想像できた。僕は観念して席に着いた。男は僕を睨みつけたまま、ポケットを探りスマホを取り出した。

「これ、覚えあるよな」

スマホに表示された写真は、卓球バーで僕と一緒にりえが自撮りしたものだった。りえが僕に送ってくれたのと同じ写真だ。それをこの男が持っているということは、りえと何か深い関係にあるということだ。答えを間違えれば、きっと身に危険が及ぶ。

「……え、ま、まぁ。酒は飲みましたけど……」

僕の答えに男は微動だにせず、こう続けた。

「これ、俺の女なんだわ」

やはりそう来たか、と思う。

「……彼氏がいるとか、そんなこと、一言も言ってなかったですよ」

男への言い訳は、そのままりえに対する抗議でもあった。彼女への思いが一気に霧散する。浮かれた僕がバカだった。時間の無駄だった。一刻も早くこの難所を切り抜けて、日常に戻らねばならない。たぶん、りえは彼氏であるこの男にスマホを盗み見られて、僕との関係を問い詰められたのだろう。ならば、りえはキャバクラの女の子で僕は客、そう主張するのみだ。だけど一点だけ、それでは解決できないことがある。あの夜、何があったのかということだ。

男は、信じがたい言葉を口にした。

「あんたに無理やりヤラれたって言ってんだけど、どういうこと？」

「何ですかそれ？」

「これもあんただろ？」

男はリュックから紙の束を取り出した。そこには数え切れないほどの僕の写真がプリントされていた。あの日の夜、パンツ一丁の僕がベッドで眠っている写真だった。

「ご注文はお決まりですか？」

店員の声に焦った僕は、急いで紙の束をテーブルの下に隠した。気まずそうな顔をしているこの女性店員も、僕がただならぬことに巻き込まれようとしているのに気づいているはずだ。だからといって、助けを求めて困らせるわけにもいかない。しかたなく「アイスコーヒー」と告げると、店員は「かしこまりました」と言ってそそくさと去っていった。

男は喉が渇いているのか、氷が溶けた水っぽいアイスコーヒーを啜《すす》った。僕より三、四歳年上に見えるが、この男も実は緊張しているのかもしれないと感じた。こちらが話を主導することで、うまくかわせるかもしれない。

「あの日のこと、俺、全然覚えてないんです。酒で」

敵意がないことを強調するため、自分も困っているという口調で僕は言った。男はまるでお構いなしに、「じゃあ本人に聞いてみろよ」とスマホを操作する。電話をかけた相手はりえに違いない。今さらながら、りえにこんな男がいたのかと思うと、嫉妬を感じた。

「もしもし、今、目の前にいるから……」

男はごく簡単に状況を説明すると、スマホをスピーカーモードにして僕の前に置いた。画面には、慣れ親しんだ『りぃ』のアイコン（それは花束のイラストだ）が表示されている。ふと、この男とりえがセックスしている姿が頭をよぎり、吐き気がするほどの嫉妬がこみ上げた。

「ほら！」

と促され、僕は口を開く。

「藤田ですけど……ホントなの？　俺がその、無理やりって」

「なんで私が嘘つかなきゃいけないんですか……」

りえの口調は、明らかに僕を非難するものだった。僕の知っているりえとはまるで別人の口ぶりだ。本当にりえを力で組み伏せて無理やり襲ったのだろうか。

「なんで今になって……」

そこに、「お待たせしました」と店員がアイスコーヒーを持ってやって来た。その気配はりえにも伝わっているはずだ。

「ちょっと待って」

彼女にそう告げて、アイスコーヒーの提供が終わるのを待つ。店員だってこの状況を察しているだろうに、ストロー、ガムシロ、ミルクと、ご丁寧に三往復の動作で小物をテーブルに並べた。心で舌打ちしながらスマホに向き直ると、すでに通話は切られていた。

「あいつがそう言ってんだから、間違いないよな」

と言って、男はスマホを胸ポケットに入れた。

「いや、でも……」

「あんた、何も覚えてないんだろ。じゃあ女の言うこと信じるしかないよな」

全く反論が思い浮かばなかった。男の言う通りだ。僕には、記憶も無実だという証拠もない。証言があるだけ、この男のほうが有利だ。

「このままじゃ、こっちも気が済まないんで」

男はクリアファイルから一枚の書類を抜き出し、僕に突きつけた。

示談書

私、藤田拓也は、猪山衛氏に対し、下記の事項に関する示談金として、金五百万円を支払う義務があることを認める。

記

令和五年十二月八日深夜、東京都渋谷区内のホテルにおいて、猪山衛氏の交際相手の女性に対し、本人の同意なく姦淫した件。自らの犯した罪を認め、深く謝罪し、上記記載の示談金を、令和五年十二月二十二日までに下記の口座に振り込んで支払います。

文章に続いて、イノヤマママモル名義の銀行口座が書いてあり、僕が署名すべき欄と捺印欄が設けられていた。

震える心を押さえつけ、目の前の文章に集中する。自分は何を求められているのか正確に理解する必要がある。この示談書に「りえ」の名前はどこにもない。イノヤマママモル（たぶん目の前の男）という人物の交際相手と「本人の同意なく姦淫」した。それを示談で解決するため、イノヤマママモルに五百万円を支払えという内容だ。当然、疑問が浮かぶ。

「これ……、彼女の名前書いてありませんよね？　私があなたに対して示談金を払うってことですか？」

「向こうは女だぞ、こういうもんに自分の名前出したくないのは当たり前だろ。金は全部あいつに渡すから、早く名前書けよ、あと拇印も」

そう言って、男はリュックからペンと朱肉を取り出し、僕に向かって机の上を滑らせた。今の僕に、とても冷静な判断はできそうにない。

「ちょっと持ち帰って……考えさせてくれませんか？」

「俺はこのまま警察行ってもいいんだぞ。あいつが、おまえの親も心配するだろうし、仕事もあるだろうからって、こうやって示談でいいって言ってんだよ。そういうの分かってんのか、なあ？」

「でも、五百万は……」

「おまえさあ、ドラマの脚本書いてんだって？　レイプ犯の書いたドラマ放送するんですかってテレビ局にも抗議しないとな」

猪山なる男は、わざとらしく大きな声を立てた。客たちの目が僕を射貫く。もう反論なんかできなかった。

「分かりました、分かりましたから……」

早くサインをして、この場所を離れたかった。

銀行のATMが唸《うな》りを上げて紙幣を吐き出している。

猪山はカフェを出ると、僕をコンビニまで連れていき、自ら示談書をコピーして僕に渡した。これでようやく解放されると思ったら、頭金として可能なかぎり現金を寄越せと命令され、銀行のATMに連れてこられたのだ。

金を下ろして銀行を出ると、猪山は目の前のガードレールに腰掛けていた。僕は金の入った封筒を渡した。

「今下ろせるだけ、五十万」

猪山は封筒を受け取ると、ちらりと中を覗いた。僕はその顔をじっと観察する。猪山は、してやったり、といった表情を全く浮かべなかった。ただ、金がそこにあるかどうかを確認しただけだった。本当にりえに全部渡すのかもしれない……。

「残り、一週間以内な」

そう言って立ち去ろうとする猪山を呼び止めた。どうしても守ってもらわないといけないことがある。

「絶対、ここだけの話にしてくださいね。そこはお願いしますよ」

「ああ、もちろんだ」と、僕の期待していた言葉を猪山は口にしなかった。顔を紅潮させ、「ちょっとこっち来いよ」と僕の袖口を引っ張った。何がいけなかったのか、僕はとんでもない地雷を踏み付けてしまったようだ。

酔っ払いが立ち小便をするような路地に引き込まれ、そのままなぎ倒された。

「おまえホント自分のことばっかりだな。人の気持ち考えたことあんのかよ、他にバレなきゃそれでいいのか！　謝れよ、りえにも、俺にも！　謝れ！」

這いつくばった僕に猪山はそう吐き捨てた。あいつのスニーカーの先端が顎に飛んでくるのではないかという恐怖に駆られ、僕はその場で土下座した。

「本当にすみませんでした」

「……このクソ野郎！」

そう言い残して、猪山は立ち去っていった。ゴミ箱を蹴り上げる音がする。路地を覗き込む通行人たちの気配を感じる。僕は顔を上げることができなかった。

今日の忌まわしい出来事を少しでも洗い流したくて、熱いシャワーに全身を委ねた。でも次から次へと、猪山の言葉や表情が、ありありと脳みそに蘇ってくる。

「このクソ野郎！」

たしかに、猪山の言う通りだ。確証がないとはいえ、りえを傷つけた可能性があるのに、彼女のことを思いやる気持ちがなかった。猪山によって、自分の一番醜い姿を突きつけられてしまった。いっそのこと、あの路地裏でぼこぼこに殴ってほしかった。そうすれば、あいつへの怒りと恨みで、この罪悪感に気づかずにいられたのに。もうどうしたらいいか分からず、声を出して泣いてみた。自分で自分があまりにも白々しく感じられた。

次の日から猪山に払う示談金を工面しなければいけなかった。すでに渡した金が五十万、口座に残っている金が二百五十万、合わせて三百万円。自分の手持ちだけでは二百万円足りなかった。

僕は喫茶店の一番奥まった席に壁を背にして座った。ノートパソコンの画面を他の客から見られないようにするためだ。消費者金融のウェブ申し込みのフォームに、名前、住所、電話番号を記入する。続く『お仕事内容』の欄に、何と書こうか迷った。『脚本家』とは書きたくなくて『ライター』と記入した。すべてを入力して送信すると、すぐに電話が掛かってきた。オペレーターは「いくつか確認事項がある」と言った。僕は店の外に出て、オペレーターとの会話を続けた。

「お仕事内容に『ライター』と書かれていますが、フリーランスでいらっしゃいますか？」

「はい」

「左様ですか」

口調に困ったようなニュアンスを含ませてきた。僕はよっぽど「脚本家です」と言おうかと思った。しかし、それが良い材料になるとも思えなかった。ましてやテレビ局や脚本家事務所の名前を求められたら困ってしまう。黙るしかなかった。

「失礼ですが、定期的な収入はございますでしょうか？」

次の脚本執筆は決まっていない。ワークショップの講師として得るお金もほんのわずかで、定期収入とは言い難い金額だ。

「……すみません、やっぱりいいです。送ったデータも消してください。失礼します」

電話を切って店内に戻った。急にアイスコーヒーの代金が惜しく感じられた。

金策がうまくいかないまま数日が過ぎ、ワークショップの日を迎えた。

江藤さんが初めて書いたという短編シナリオは、登場人物たちのセリフが独特なようで、受講生たちは江藤さんが役になりきってセリフを読むたび、クスクスと小さく笑い合っている。だが、僕の頭には全く内容が入ってこなかった。猪山との一件以来、体の外側に薄く膜が張っているかのように、すべての感覚が鈍くなってしまった。

ワークショップを終えて家の最寄り駅に着くまでの間、ひとつ考えが浮かんだ。実家の前を通り過ぎ、そこから数分歩いてスナック街に向かった。

ドアノブを手前に引くと、昔ながらのベルがカランカランと鳴った。

「あれ？　拓也どうしたの？」

「いやぁ、たまにはね……」

「どうした、ふられたの？」

当たらずもそう遠くないことをミドリさんに言われ、反応に困ってしまった。

ミドリさんが営むスナックは、カウンターと小さなテーブル席が三つのこぢんまりとした作りだ。運良く他に客はいなかった。

カウンター席でビールを飲みながら、棚のウイスキーボトルに引っ掛けられたクリスマスリースをぼんやり見ていたら、それを手作りしているミドリさんの姿が頭に浮かんだ。さっきまで膨らんでいた期待がしぼんでいくのを感じた。カウンターの中で突き出し用の煮物を作っていたミドリさんが口を開いた。

「何か親にも言えないようなことあるんでしょ？……もう早く言いなさいよ」

「え……、何で分かったの？」

「そんな顔してたら誰だって分かるよ。まさかお金とか？」

「……うん」

と僕は素直に頷いた。

「いくら？」

「……二百万」

「バカ言わないの」

とミドリさんは笑った。

でも、僕の顔を見て、すぐに本気だと察してくれた。

「ちゃんと話してごらん」

僕は洗いざらい事の顛末を話した。ミドリさんは、うちの店で顔を合わせたりえが、キャバクラで知り合った女の子だと聞いても特に驚かなかった。それどころか「そうだと思ってたよ」と言った。りえは無理やり襲われたと言っているが、酒のせいで僕には記憶がないこと、そして猪山というりえの彼氏に示談金を要求され、受け入れたことも正直に白状した。

実家も仕事も向こうに知られている以上、下手すれば両親や店にも迷惑がかかる可能性があるとミドリさんは心配した。「私も一緒に話してあげるから」と背中を押され、このあと両親にすべてを話すことになった。僕もそうなることを心のどこかで望んでいたのかもしれない。ミドリさんにお金を貸してもらいたいんじゃなく、誰にも言えずに苦しかったこの出来事を話して、味方になってほしかったのだ……。

営業が終わって静まり返った店内に僕とミドリさんはいる。テーブル越しに向きあった父と母は、示談書のコピーを読み終えると二人で大きなため息をついた。

「ヘラヘラ遊んでるからこんなことになるんだろうが、バカ野郎！　適当にサインなんかしやがって！」

父は示談書をテーブルに置くと、忌々《いまいま》しげに僕に突き返した。父も母もあの日、カウンター席で「かに玉」を食べたりえの姿を覚えているはずだ。それだけに、僕にかけられたこの汚らわしい疑いをどう理解していいのか、分からないようだった。

「本当はこんなこと、やってないんでしょ？」

と母が僕を見据えた。

僕を叱るとき、昔から母はこうやって絶対に目を逸《そ》らさなかった。母に見据えられると、僕はいつも身動きができなくなった。今もそうだ。でも今回は、本当に間違いを犯したのか、そうでないのか、自分でも分からないのだ。

「だから、酒でよく覚えてないんだって……」

「覚えてなくたって、そんな酷《ひど》いことするわけないって、どうして言えないの？」

母は僕の潔白を信じているようだった。だけど僕は、正直に言って、自分で自分を信じることができないでいる。あったと言われたら、絶対にないと言い切れる自信がない。本当に申し訳ないと思う。

「あの女、男がいるって言わなかったんでしょ？」

ミドリさんの問いかけに、僕は頷く。

「じゃあどこまでホントの話だか……」

そう言ってミドリさんはりえの主張そのものに疑念を呈した。

「それで、あんたはどうしてほしいの？　ちゃんと言わないと父さんも母さんも分かんないよ」

「……今、二百万足りないから貸してほしい。このままだと仕事先に何言われるか分かんないし、店にも迷惑かけちゃうかもしれない。絶対返すから。お願いします」

父と母は、苦渋の表情を浮かべたまま何も言わなかった。僕がりえに対して酷いことをしたのか、していないのか、真実が見えないことが不満のようだ。

「……私も半分ぐらいだったら大丈夫だからさ」

と、ミドリさんが助け舟を出してくれた。

「そんなわけにはいかないから……大丈夫、ありがとう」

母はもう一度僕を見据えた。

翌日、銀行の紙袋に入った二百万円を父が渡してくれた。僕は自分の金と合わせて四百五十万円を猪山の口座に振り込んだ。直接手渡した五十万円と合わせて、示談金五百万円をすべて期日までに支払ったことになる。これで醜聞が広がるのだけは防げるはずだ。

それから数日が経ち、ドラマの撮影は第四話に進んでいた。僕はロケ場所である都心部の画廊に見学に向かった。ガラス戸越しに中を覗くと、上原瑠菜と遠野勇樹が、監督の一ノ瀬さんと段取りを確認していた。ふと上原瑠菜と目が合ったので、会釈をした。だが彼女は無反応だった。むしろ目を逸らされた気さえした。気づかなかったのだろうか、そんなことを考えていたら、奈々美さんが駆け寄ってきた。

「石塚さんが呼んでるので、ちょっといいですか？」

「どうしました？」

「とにかく、お願いします」

そう言って踵《きびす》を返した奈々美さんの後ろを歩きながら、嫌な予感が膨らんでくる。

奈々美さんが「どうぞ」とロケバスのドアを開けてくれた。僕が入るとすぐに、バタンとドアが閉じられた。車内の後方に、石塚さんと京子さんがいた。

「お疲れ様です」と近付いていくと「座って」と京子さんに言われた。僕は通路を挟んで石塚さんの横に座った。京子さんは通路に立ったまま僕を見ている。

「……あの、何か？」

なぜ呼ばれたのか想像はついたが、もう半ば開き直った気持ちだった。

「これ、昨日局に届いた」

石塚さんが郵便封筒の中から取り出したのは示談書のコピーだった。何か手紙も添えられている。

「匿名だけど、被害者の女性からだ。全く謝罪の気持ちが感じられないって」

「何でそれが？」

「何でって、こっちが聞きたいよ！　これ本当なのか⁉」

「覚えてないんです。飲みすぎて記憶ないんです」

「じゃあ何でこんなもんにサインするんだよ！」

「示談にしたら、ここだけの話にするって条件だったんです。だから、みんなに迷惑かけないようにもう金も払ったんですよ、それなのに……」

「結局大迷惑なんだよ！　こんな証拠みたいなもん拡散でもされてみろ、へたすりゃ番組打ち切りだぞ！　あとこれも！」

石塚さんはかばんから『風待ちの恋人たちへ』の台本を取り出し、表紙を僕の眼前に突きつけた。それを見て、思わず「あっ」と声が出た。りえに渡した台本だ。僕のサインが何よりの証拠だった。

「部外者に台本渡すなんてどうかしてるぞ！　サインなんかして！」

ふと、京子さんの反応が気になった。横目で盗み見ると、口を真一文字に結んで頭を抱えていた。ため息交じりに石塚さんがこう続けた。

「降りてもらうから、今回のドラマ」

「えっ……」

「また何か告発でもされたらどうすんだよ」

「でも、撮ってるじゃないですか？　俺のデビューどうなるんですか？　他の仕事やめて、ドラマに集中してるんですよ！」

「おい、何逆ギレしてんだよ」

その冷たい目を見て、もう何を言っても覆ることはないのだと僕は悟った。

「撮影した分は京子さんの名前で出すから。相談して書いてんだから嘘じゃないだろ」

一縷《いちる》の望みをかけて、僕は京子さんを見る。だが、もうすでに石塚さんと相談済みだったのか、その決定になんら意見を挟む様子もなく、まっすぐに僕を見返した。

「私言ったよね、もう脚本家なんだから自覚持ちなさいって。自分の名前を出して物を書くって、すごく責任の要ることなの。もうワークショップも来なくていいから」

そう言うと、京子さんはロケバスを出ていった。石塚さんも、僕から示談書と台本を取り上げて立ち去った。

脚本家という僕の夢は、もろくも崩れ落ちた。その瓦礫《がれき》に押しつぶされて、僕は動くことができなかった。

第四章　猪山 衛

　仕事を終えたあと、池袋の駅前でりえと待ち合わせた。

約束の午後八時に少し遅れた俺は、駅と歩道の境目にぼんやりと立っているりえを見つけて駆け寄った。

「ごめん、ちょっと、仕事終わんなくて」

「ううん、大丈夫。ごめんね、忙しいのに」

　思ったよりも、りえが元気だったので安心した。りえの顔は店で会うときよりも化粧っ気がなかった。俺はこっちのほうが好きだな、と思った。

　今日は話すべきことがたくさんある。なるべく人目につかないよう、カラオケボックスに行くことにした。なぜ人目につきたくないのかというと、りえにまとまった額の現金を渡さなければならないし、何より人に聞かれてはまずい話ばかりだからだ。

　店員が飲み物を置いて部屋を出ていくのを見届け、リュックの底にしまっておいた封筒を取り出す。あの日、藤田拓也に示談書にサインさせたあと、そのままＡＴＭで引き出させた金だ。

「まずこれ、五十万ね」

「うん、ありがとう」

もらって嬉しい金ではないはずだ。

りえは全く表情を変えずに封筒を受け取った。

「あとこれ、示談書のコピー。原本は一応俺が持っておくから」

「うん……」

これまでの経過はすべてラインで報告していたから、りえの対応が事務的になるのも仕方ないことだ……今の彼女に、人のことを考える余裕がないことも理解している。でも、正直に言うと、もう少し俺のこともいたわってほしかった。

「これ、猪山さん持っていっていいよ」

りえが五十万円の入った封筒を俺に差し出した。

「何で？」

「だって、色々助けてくれたから」

「いや、いいよ。そんなつもりじゃないから」

封筒を押し戻して、そのまままりえを抱きしめた。俺は本当に、あの藤田拓也という奴が許せなかった。だから自分の意志で動いたまでだ。抱きしめた腕をほどくと、りえが体を硬くしていた。

「ごめん」

謝るとりえは首を左右に振った。

今自分がしたことを後悔した。あんな目に遭った彼女に対して軽率な行為だった。

りえからラインが来たのは二週間ほど前だった。

『お店辞めちゃうので、これまでのお礼させてください』

正直、少し意外だった。

『金に見合った楽しさがない。もう行かない』と俺は酷い言葉を送っていたし、それに対する返信もなかったので、りえとのことはもう終わりにしようと考えていたからだ。

居酒屋で向き合ったりえは、青白い顔をして明らかに元気がなかった。

「何かあったの？」

りえは思い詰めた顔をして何か話したそうにしている。

「どうしたの？　俺で良ければ聞くけど」

「あのね、お客さんとトラブルがあってね……」

と、りえは話し始めた。

これまでのお礼と言って誘われたが、何か相談があって呼ばれたことに俺はようやく気づいた。

「お店のお客さんとね、飲みに行ったの……」

「飲みにって、同伴ってこと？」

「ううん、そうじゃないんだけど」

嫉妬心が疼《うず》いた。プライベートで飲みに行ったということか。俺はデートを賭けたゲームに負けて、シャンパンで散財したというのに……。

「お客さんが酔って歩くのもやっとになって、私ホテルに行って寝かせたの……」

そこまで言うと、りえは片手で顔を覆った。

その先に続く言葉は、りえの様子から想像がついた。でも、絶対に信じたくない。

慎重に言葉を選んで確認した。

「無理やり、されたってこと……？」

それよりほかに、言葉が思いつかなかった。

りえは両手で顔を覆った。

なぜ、彼女がそんな目に遭わなければならないのか。悔しくて、俺まで泣いてしまいそうだった。りえに何と言葉を掛けていいのか分からない。慰めのつもりが却《かえ》って彼女を傷つけることになるかもしれない。

「家の人には、話したの？」

「ううん、心配かけたくないし、助けてくれる力もないよ」

「お店の人には？」

「プライベートの扱いになるし、お店が何かしてくれるとも思えない。もう嫌になって辞めちゃうし」

りえが頼れるのは俺しかいない。だからこそ俺を呼んだのだ。

「……どうすればいい？」

……りえは答えなかった。

「一緒に警察行こう」

「警察は嫌なの、色々聞かれたくないし。でもこのまま泣き寝入りするのも嫌だから……」

「どうするの？」

「猪山さん、助けてくれる？」

「もちろん」

俺は何だってする覚悟だった。その男が許せなかったから……。そして何よりも、りえの力になりたかったから……。

りえのことが好きだという自分の気持ちに、俺は改めて気づいた。キャバクラの女の子を本気で好きになるなんて、バカな奴だと思われるかもしれない。でも人を好きになる気持ちに、きれいも汚いもないはずだ。俺しか頼れないでいるりえを、何とかして助けてあげたかった。

数日後、ファミレスで再びりえに会うと、一枚の書類を俺に見せてきた。「示談書」

と書かれたそれは、あとは加害者である「藤田拓也」がサインをすればいいだけの状態になっていた。

りえにこんなものを作れる知識があることに驚いた。聞けば、弁護士事務所のホームページを参考にしたという。

改めて示談書を読むと、いくつか気になる部分があった。まずは、「猪山衛氏の交際相手の女性に対し、本人の同意なく姦淫した件」という部分だ。

「俺はりえの彼氏っていう設定？」

「そう。赤の他人よりは説得力あると思って」

こんなかたちでりえの彼氏になるとは思ってもみなかった。

「あと、りえの名前がないけど？」

「私は……できれば表に出たくないのね、こういう事件だから。猪山さんが自分の彼女に乱暴されて、それに対する慰謝料を請求するみたいなかたちにしてほしいの」

「なるほど……」

つまり、俺も彼女を傷つけられた被害者のひとりというわけだ。

藤田拓也が支払う示談金は「三百万円」と書いてあった。

「これじゃ少ないよ」

「え？　三百万だよ」

「三百万で許せる話じゃない。いくらなら許せるってわけでもないけど、五百万にしよう」

「うん」

と、りえは頷いた。

「大丈夫だよ、パクって逃げたりしないから」

「そんな心配してないよ」

それからりえは「証拠にはならないかもしれないけど」と言って、事件のあった日に二人が飲んでいたバーでの写真をラインで送ってきた。半裸のあいつが寝ている写真も大量にプリントアウトして準備していた。俺は後日、それらを持って藤田拓也と直接会い、示談書にサインさせたのだ。

そして今日、ようやく仕事の都合がついて、りえに再び会うことができた。

五十万円の入った封筒と示談書のコピーも渡した。あとは、藤田拓也から俺の口座に振り込まれた四百五十万円をりえに送金する作業が残っている。

「振込の口座、教えてくれる？」

そう言うと、りえはラインで口座と名義を送ってきた。

「へー、これって本名？」

「うん」

源氏名で働いている女性に本名を聞くのは何だか失礼な気がして、今まで避けてきた。りえの本名は源氏名とそう変わらないものだった。

俺は次の日、教えてもらったりえの口座に、四百五十万円を送金した。

第五章　藤田拓也

年が明けて、今日からうちの店の営業が始まった。

おせち料理に飽きたのか、たくさんのお客が店を訪れていた。僕はもう一時間以上、皿を洗い続けている。店の手伝いをするのは高校生以来だ。何か欲しいものがあるとこうして店を手伝っては、時給九百円をもらっていた。当時の相場より少し高いのは親の温情だった。

この数年間、年末年始はワイドショーの年明け特番の仕事があり、いつもよりも忙しく働いていた。今年は何もやることがなく、正月を家で過ごしていたら、毎年の恒例行事に出くわした。店内にズラリと貼られた八十を超えるメニューの短冊を、父が毛筆で新しく書き換えるのだ。赤で縁取られた短冊を母が父の前に置き、父がラーメン五百五十円、餃子五百円としたためていく。なんだか懐かしくてぼんやり眺めていたら、「おまえ、仕事なくなったのか？」と父に聞かれた。今なら話せそうな気がして、ドラマの脚本担当から外されたこと、そしてワークショップの講師もクビになったこと、つまりは無職の身であることを白状した。すると「じゃあ店を手伝え」と厳命された。でも、はいはいと素直に従う気にはなれなかった。一度は物書きとして掲げた看板を、そう易々と下ろすわけにはいかなかった。

僕は十年間構成作家として働いていた『ニュースジャンクション』のディレクターである山崎さんに連絡をとった。

てっきり局内の会議室で面会するものと思っていたが、指定されたのは局の近くにある喫茶店だった。約束の時間から少し遅れて、「ゴメンな」と謝りながら山崎さんはやってきた。珍しくスーツ姿だ。

「ご無沙汰してます。どうしたんですかスーツなんて、どこか取材だったんですか?」

「いや、最近はこんな感じ。色々あってな」と名刺を差し出してきた。山崎翔太《しょうた》の肩書に、『ニュースジャンクション・プロデューサー』と記されていた。なんでも、すぐ大声を出すプロデューサーの小田はパワハラで問題になり、代わりに社員ディレクターの山崎さんが昇格したそうだ。

「にしても山崎さん、プロデューサーって早くないですか？」

「会社が見切りつけたってことだろ。俺のディレクターとしての力量に」

出世が早いという褒め言葉のつもりだった。しかし制作畑において、早くに管理職に就くことを、クリエイティブ能力に見切りをつけられたとみなす捉え方があるのも事実だ。山崎さんは自分はそれに該当すると自覚しているのだろう。しかし山崎さんがプロデューサーになったことは、僕にとっては都合がよかった。

「どうなのおまえは？」

と山崎さんが話題を変えてきた。

思い切って本題に入ることにする。

「……ちょっと相談があるんですけど」

「相談？」

山崎さんは腕を組み、警戒した様子になった。

「できれば、番組に戻してもらえたりしないかなって」

「はぁ？　ワイドショーの仕事なんてもうやらねえとか言ってたくせに」

「まあそうなんですけど」

「もうとっくに見つかってるよ、おまえの後釜なんて。それにな、噂になってんだよ」

と二つ隣の席にいる女性客を気にしている。

僕はまさか、と思ったが、思い当たる節はあれしかなかった。

「女の子に乱暴して、脚本降ろされたって」

「いや乱暴したわけじゃ……何で知ってるんですか？」

「このご時世だから、パワハラとかセクハラって話、危機管理としてすぐに回ってくんだよ」

ドラマ制作部での出来事が、ワイドショーの部署にまで情報共有されていた。

山崎さんはしかめ面で言った。

「うちの局で仕事すんの、正直もう厳しいかもな」

「……俺、出禁ってことですか？」

山崎さんは質問に答えず、ただ目を逸らした。

居たたまれず、僕は荷物を摑むと店を出た。

厨房内のステンレステーブルにラーメン二つとタンメン、それに餃子が二皿置かれた。

「拓也、丸川《まるかわ》さんとこお願いね」

ラップをかけながら母が言った。

僕は岡持ちの蓋を真上にスライドさせる。不本意だったが、今は店を手伝うほかなかった。だけど、心も体も思うように動かない。家業を無視して、自分は広い世界を見るんだと意気込んで映像業界に飛び込んだはずなのに、自分がもっとも毛嫌いしていた仕事をすることになるなんて。そんな僕の心を知ってか知らずか、「早くしろよ伸びるんだから!」と父に急かされた。


スクーターに取り付けられたデリバリーボックスの中に岡持ちをすっぽりと格納し、僕は出発する。出前先までは三分とかからない。憂さ晴らしにスピードを上げたとき、うっかり赤信号を見落として急ブレーキをかけてしまった。ボックスの中の岡持ちが、大きく傾いて元の位置に戻ったのが尻からの感覚で伝わった。かといってどうしようもない、そのまま出前先に向かった。

自動車修理工場に到着すると、見知った顔の丸川社長が、潜り込んでいた車の下から這い出てきた。

「珍しいな出前なんて、どうした？」

「ちょっと気分転換で」

僕は岡持ちの中の商品を、車の脇に置かれたキャンプ用のテーブルに移す。さっきの急ブレーキのせいで、ラーメンは汁漏れし、餃子は岡持ちの中で皿ごとひっくり返っていた。

「なんだよこれ！　きったねぇな」

驚きと怒りが混ざった口調で丸川が言った。

「すみません……」

もう僕には、それ以上対応する気が起きなかった。

「これいくら？」

「二千八百円です」

「こんなんで金取んのかよ」

きっと「お代はけっこうです」の言葉を期待していたであろう丸川は、三千円を財布から抜き取ると、ほとんど投げ付けるように渡してきた。僕は一刻も早くここを立ち去りたかったが、財布代わりのウエストポーチからお釣りの二百円を探すのにまごついた。

「あぁもういいわ！　帰れ、ったくよー！　二度と頼まねえよ」

丸川はさも面倒くさそうに僕に言い放つと、部下に指示して出前の品を奥に運ばせた。部下たちも口々に汁が漏れてるだのなんだの文句を言っていたが、僕は無視してバイクで走り去った。

どうしてこうなってしまったのか……。本来なら、ドラマの放送を控え、次なる飛躍に向けて活動していたはずなのに。

店に戻ると、店内のテレビでちょうど『ニュースジャンクション』が流れていた。見慣れたキャスターとともに、上原瑠菜と遠野勇樹が生出演していた。今日の夜に初回を迎える『風待ちの恋人たちへ』の宣伝を兼ねたものだった。

「このドラマの注目ポイントはどんなところですか？」

女性アナウンサーからの質問に、上原瑠菜は笑顔で応じた。

「すごく素敵なセリフが多くて、リアリティがすごいんですよね。あぁこういう気持ち、体験したことあるなぁって……」

上原瑠菜が褒めたのは、きっと僕が書いたセリフのことだ……思いがけない出来事に「ははっ」と声が出た。僕の奇妙な声に、客の数人が視線を寄越した。

「伊東京子さん脚本のドラマが昔からず〜っと大好きだったので、毎日セリフを嚙み締めて、大切に演じさせてもらってます」

上原瑠菜の記憶から、もうすでに「藤田拓也」という脚本家は抹消されてしまったのか？　そういえば、僕が石塚さんからクビを宣告された日、上原瑠菜は僕が会釈したのに無視していた。あのとき、ドラマの座長である彼女の耳に、僕の一件はすでに入っていたのだろう。

「ほらっ拓也！」という母の声で、現実に引き戻された。水をくれ、と客が僕を呼んでいる。テレビから最後の番宣メッセージが聞こえた。

「月曜ドラマ『風待ちの恋人たちへ』は、今夜十時スタートです。絶対見てくださーい」

テレビで上原瑠菜が番宣をした次の日、僕は脚本家事務所『シークエル・クリエイターズオフィス』を訪ねた。

もう来なくていいと京子さんから三行半《みくだりはん》を言い渡されていたので、僕の姿を見た事務員さんたちは困惑の表情を浮かべた。僕は構わずデスクにいた京子さんのもとに向かう。

「……何？　来なくていいって言ったよね？」

「……本当にすみませんでした。京子さんにも迷惑かけてしまって」

僕はあのロケバスのとき以来、まともに謝罪していなかったことを詫びた。きっと京子さんも僕に言いたいことがあったのだろう。別室で話をすることになった。

「図々しいのは分かってるんですけど……お願いがあって。ワークショップだけでも、続けさせてもらえませんか」

「ちょっと何言ってんの？」

「このまま書くことと接点なくなるの、怖いんです。俺にはこれしかないんです、やっぱり書きたいです。ここにいさせてください。お願いします」

一気に喋ると、京子さんはそれには答えず、「私、気になってることあるんだけどさ」と切り返された。

「いくら飲みすぎて記憶飛んでるっていっても、体の関係があったかどうかなんて、普通分かるもんじゃない？」

「あの、それは……色々確認したんです」

僕は決意して、ホテルで目覚めたあの日の状況を説明した。性的な表現も含むことだったので、これまで話したくてもタイミングがなかったのだ。

性器は汚れていたが性交によるものか分からないこと、ゴミはなかったこと、そしてコンドームも手付かずだったことを話した。

「避妊もなく無理やりだったから問題になってるんじゃないの？」

と京子さんは言った。

「今まで避妊しないでセックスしたことはありません。いくら酔ってたとしても、そこは踏みとどまります」

僕は正直にそう答えた。

この一件が持ち上がって以来、ずっと自問自答を繰り返してきた。無理やり女性を襲うなんて、自分はするだろうかと……その答えを、僕は京子さんに告げた。

「いくら何でも、無理やりなんて、そんな酷いことしません」

京子さんはきょとんとして、少し考える顔をした。

「じゃあ……体の関係すらなかったってこと？」

「……はい、信じてもらえますか？」


教室に入ると、雑談していた十数人の受講生たちが一斉に席に着いた。まるで学校みたいだ。

京子さんへの直談判が成功し、ワークショップの講師に復帰して一ヶ月が経った。

出席確認のために名簿を見ると、今日から加わった新しい名前がある。

「えーと……鈴木《すずき》りえさん」

「はい」

顔の横にひょこっと手を挙げている女性がいる。

りえだ。

受講生の中に、あの「りえ」が紛れている。これがただの偶然であるはずはなかった。僕に何かをしようと企んでいるに違いない。歓迎ムードの中にいるりえは、僕たちが親密だったあの頃と変わらない様子だった。

「先生、自己紹介してもらいましょう、自己紹介」

クラスの幹事役である江藤さんに促された。僕が言い淀んでいると、彼女は立ち上がり、「鈴木りえです。よろしくお願いします」と簡単な挨拶をした。すでに彼女と話をしていた受講生もいて、盛大な拍手が起こった。僕はりえの名字が鈴木であることを初めて知った。そして、りえが本名であることも。りえは僕を見ると、ごく自然な雰囲気で「よろしくお願いします」と会釈をした。

「よろしくお願いします」

そう平静を装って言い返し、僕はワークショップを開始した。

この日のトップバッターは東詩織《あずましおり》という三十代半ばの女性だった。他人のシナリオを聞いては涙を流したり、突然怒り出して教室を出ていったりする、感情の起伏が激しい人だ。

彼女が書いた小学生同士の初恋物語のシナリオをふんふんと聞いていたりえは、ひとりずつ感想を言う順番が回ってくると「面白かったです」とそつのない感想を述べた。そうこうしているうちにワークショップの二時間は過ぎていった。

僕が終わりを告げると、質問があるという東詩織が僕の脇にぴったりくっついて、自分の好きなようにすればいい些末《さまつ》な部分についてあれこれと訊ねてくる。僕は横目で江藤さんがりえに近づくのを見ていた。

「鈴木さんてこのあと時間あります？」

「え？」

「みんなで歓迎会どうかなって」

玲香と美緒もやって来て「もし時間あったら」と加勢する。僕は、彼女らがプライベートで時間をともにしたら、りえが今回のトラブルをバラすのではないかと恐ろしかった。

「ごめんなさい。家でごはん作らないといけなくて」

やんわりと断ったりえの言葉を聞いて、僕は胸を撫で下ろした。だが「えー、彼氏さんですか？」と間髪容れずに訊ねた江藤さんの言葉を聞いて、あの猪山の顔が頭に浮かび、記憶の奥にしまい込もうと必死だった土下座の記憶が、あっさりと引き出されてしまった。

「そんなんじゃないです。せっかく誘ってもらったのにすみません」と柔らかく微笑みながら、りえはいかにも申し訳ないといった素振りで教室を出ていった。

僕は事務室の棚から受講申込書が綴じ込まれたファイルを取り出して表紙をめくった。一番上に「鈴木りえ」のものがあった。顔写真が貼ってあり、住所、電話番号が書いてある。

「どうしたの？　名簿なんか」

後ろから京子さんに声を掛けられた。いないと思っていたのだが、確認不足だった。

僕はとっさに言い訳をひねり出す。

「あ、ちょっとセンスのいい人がいたんで、経験者なのかなぁと思って。ほら、経験者って申込書に受賞歴書いたりして、アピールしてくるじゃないですか」

「そんなの気にしてる場合？」

「……すみません」

「私、先帰るよ」

「はい、お疲れ様です」

京子さんを見送ると、スマホで鈴木りえの受講申込書を撮影して棚に戻した。

次の日、僕はりえの自宅の住所に向かった。沿岸部の埋立地にあるその場所には、トタン屋根の家が建っていた。

本当にりえはこんなところに住んでいるのだろうか。割れた窓の隙間から中を覗くと、側頭部に衝撃を受けた。とっさに手で押さえる……出血はないようだ。足元に柿の実が転がっていて、鈍い衝撃の正体が分かった。

「おまえだなっ、柿泥棒がっ！」

と、この家の住人らしい白ヒゲに顔を覆われた老人が、庭の隅から姿を現した。

「この泥棒がっ！」

「違いますよ」

老人はなおも僕をめがけて柿を投げてくる。「この野郎！　この野郎！」としつこく追ってくる老人から逃げ切ったときには、恐怖で胸が苦しくなるほどだった。

公園を見つけ、水飲み場で喉を潤すと、服に柿の汁の飛沫が無数に飛んでいることに気づいた。僕はすでに彼女の新たな罠にとらわれてしまっているのだろうか。

恐る恐る受講申込書に書かれていた携帯番号に電話してみる。こちらは「現在使われておりません」の自動音声が流れるのみだった。

翌週、僕はワークショップを休もうかと思った。だが、自分がいない間にりえに何かしでかされたらもう取り返しがつかなくなる。誰よりも早く教室に入り、そこで添削の作業を行って時間を潰した。しかし、りえは時間になっても来なかった。

玲香が自作のシナリオを読み上げている途中で、りえが遅れてやってきた。僕は何事もなかったふうを装い、すみやかな進行に努める。

「次、読める人いますか？」

りえがすっと手を挙げた。他に手を挙げている人はいなかった。

「……じゃあ、鈴木さん、お願いします」

「……はい」

りえはそう答えると、シナリオを印刷したコピー用紙をめくり、自作のシナリオを声に出して読み始めた。

タイトル『天井の星』

○　渋谷・とある道（夜）
色とりどりの光が飛び交う渋谷の街。
女の手を引いて、男がはしゃいで歩いてくる。

○　スポーツバー・店内
卓球をしている男と女。
女のミスでラリーが途切れる。
男「じゃあ罰ゲーム行きまーす！」
女の代わりに、自ら酒をあおる男。
次々にショットグラスを空けていく。
男は女を引き寄せ、スマホで自撮りする。

○　ラブホテル・室内
なまめかしい内装。
女に支えられながら男が入ってきて、ベッドに寝かされる。

女「はい、飲んで」
と男に水を飲ませる。
女「ほんと大丈夫？　吐いてきたら？」
男「……大丈夫」
泥酔している男、女に触れてくる。
女「ダメだよ」
男「なーんで」
女「私、寝かせに来ただけだし。もう帰るよ」
男「ダーメ。もう意地悪だなぁ」
女「え、何が？」
男「……最初からそのつもりだったくせに」
メガネを外す男。
女をベッドに押さえ付け、唇を押し付ける。
服を脱ぎ捨て、女にかぶさる男。
女の抵抗は、男に届かない。

虚空を見つめる女の目。

天井に映し出された、星屑のイルミネーション。

無数の小さな星が、瞬いている。


「……おわりです」

と、りえが言うと、受講生たちから申し訳程度の拍手が起きた。これは、僕に対する告発というわけか。自分の体温が上がっているのが分かる。

「……今のは、実話ですか？」

「答えたくないです」

「作り話ですよね！」

荷物を摑んでりえは出口に向かう。

「ちょっと待て！」

と僕も席を立つ。

目の前に、美緒が立ちふさがった。

「どうしたんですか急に！　やめてください！」

押しのけて進もうとすると、江藤さんに両手を腰に回され、動きを止められた。

「放せ！」

完全に自制心を失った僕のところに、次々と男性の受講生たちが集まってきた。

「やめてー！」と金切り声が響く。詩織だった。みんなの視線が一斉に集まると、これみよがしにしゃくりあげた。その芝居がかった様子に、僕は白けてしまった。


その後、京子さんの指示で受講生は全員帰され、僕は教室で事情を聞かれることになった。

「どうしてすぐに言わなかったの？　この子が問題の子だって」

怒りを必死に抑え込みながら、京子さんは机の上の受講申込書を叩いた。

「もうこれ以上、迷惑かけられないと思って、すみません」

「それじゃあこの前と全く一緒じゃない。どうにもできないのに抱え込んで。自分で自分の首絞めてんのがどうして分かんないの？」

「……すみません」

少し冷静さを取り戻した京子さんは、机の上のシナリオに目を留めた。

「これ、あの子が書いたの？」

「はい」

それは今日のワークショップでりえが読み上げたものだった。京子さんは、Ａ４のコピー用紙に縦書きされた、わずか数ページのシナリオに目を通す。僕は何もできず、文字を追う京子さんのキョロキョロと動く目をただ眺めていた。

読み終えた京子さんは、大きなため息をついた。

「私はね、拓也が事実じゃないことで、社会から抹殺されるのだけは防ぎたかったの。私はあなたを信じたかった、だからここに復帰させたの。でもこれじゃあさ、この子のことも、受講生のことも、私裏切っちゃったかもしれないってこと？」

「書いてあるのはデタラメですよ」

「……私は、何を信じたらいいわけ？　もうホントに来なくていい」

涙に追い越されないように、京子さんは教室を出ていった。もう、僕を信じてください、とは言えなかった。

事務所を出て地下鉄の駅まで歩くと、地下への入り口のところで、受講生の玲香が僕を待っていた。話したいことがあるというので、受講生たちがよく使っている安居酒屋に行った。

酒を飲むような気分ではもちろんなかったので、二人ともウーロン茶と簡単なつまみを頼んだ。飲み物が届くと、玲香はすぐ本題に入った。

「鈴木りえさんのこと、聞いていいですか？」

「え？」

「何があったんですか、鈴木さんと？」

なぜ詰問されなければいけないのか。僕は腹が立って、少し傷つけたい衝動に駆られた。

「何で話さなきゃいけないの？　もうどうでもいいんだよ、さっきクビになったし」

「こんなの出てましたよ」

玲香はスマホの画面を僕に突き付けてきた。『人気ドラマ「風待ちの恋人たちへ」脚本家ひっそり降板のウラ事情』と書かれたネット記事だった。

その記事が、僕を当該人物として書かれたものだと認識するまで数秒かかった。認識すると同時に、血の気が引いていくのを感じた。失禁さえしそうになった。

「ドラマ観たんですけど、藤田先生の名前出てこないからおかしいなって思ってたんです。クラスのみんなも気づいてましたよ、休んでた間に何かあったんじゃないかって。その記事の女の人って、鈴木りえさんですよね？　乱暴したって、ホントなんですか？」

りえは、僕を社会的に殺しに来ている。いったい僕とりえの間に何があったというのか。その考えに頭が囚《とら》われ、目の前の玲香が邪魔でしょうがなかった。ひとりになりたかった。

「俺が乱暴なんてするわけないだろ。女が無理やりヤラれたって言ったら、そうなっちゃう世の中なんだよ！」

「え？」

「あ、そうだ、俺たちの会話も録音しとこうか？　君だって俺が脚本家だから懐いてきたくせに、あとで無理やりヤラれましたとか言われても困るしさ」

そこまで言うと、玲香にウーロン茶をぶっかけられた。

「普通にサイテー。そもそも脚本家になれるようなセンスなかったんじゃないですか」

玲香は店を出ていった。反省する気など全く起きなかった。ようやくひとりになれる。

僕は再び、店を手伝う日々に逆戻りした。

手を洗い、仕事を始めようかというとき、部下を引き連れた丸川が入ってきた。

「いらっしゃい！」と出迎えた母と父に、「こんちわー」と丸川は返した。先日、僕とあんなことがあったのに、まるで引きずった様子がない。

僕も知らんぷりするわけにいかず、レバニラ定食を席まで運んだとき「この前、すみませんでした……」と詫びた。

するとと丸川は、いつもの気のいいあんちゃんといった体で喋り出した。

「おぉ。あのあとな、俺、オヤジさんに文句言ったんだよ」

「え？」

「そしたら次の日、同じもの持って謝りに来てくれてな」

丸川が厨房のほうを見た。つられて僕も見ると、父はぱっと手元に目線を逸らした。

「なんだ、知らなかったのか？」と丸川は少し驚いた様子で訊ねた。

「……はい」とだけ答えた僕に「あんまり迷惑かけんなよ」と言った。

この狭い店のことだ、今のやりとりは一部始終、厨房の父にも聞こえていたはずだ。それにもかかわらず、父は何食わぬ顔でラーメンの盛り付けをしている。

その日の夜、風呂上がりに店の給水器に向かうと、父がテーブル席でぽつんとビールを飲んでいた。

僕の姿を見つけると、

「おい、こっち来ておまえも飲めよ」

と呼び付けられた。

「もう一本持って来てくれ」

「ああ」

きっと父は父で、僕に話しておくべきことがあるのだろう。冷蔵庫からビールの中瓶と自分のグラスを取って、父のいるテーブルに向かった。

父がビールを注いでくれたが飲み干す気にはなれず、わずかに口を付けた。

父は無言のまま、ザーサイをぽりぽりと齧《かじ》っている。

気まずくなって僕から口を開いた。

「今日、丸川さんから聞いた。謝りに行ったたって」

「ああ」

「何で言わなかったの？」

「そりゃあ俺の仕事だから。おまえには、おまえが選んだ仕事があんだろ。まずは真正面から解決することだな……何年かかったっていいから」

そう言うと、父はビールの注ぎ口をこちらに向けた。グラスのビールを一気に飲み干し、僕は父からの酌を受け止めた。代わって、父のグラスにもなみなみとビールを注いだ。店の壁には、メニューが筆書きされた短冊がずらりと並んでいる。その商品ひとつひとつが、父が人様からお金を頂くことができる仕事だ。僕はこれまでも、そして今もなお、その仕事に生かされている。僕は何を見て、つまらない仕事だなんて思ったのか。今の僕に、人様に向けて掲げることのできるメニューなんてない。

僕は部屋に戻ると、りえにラインのメッセージを打った。

『一度だけ、会って話をする機会をください。僕が何をしたのか、教えてください』

返事が来るかどうかは分からない。ただ、今の僕にできることはこれしかない。僕は送信ボタンを押した。

出前を終えた僕は、家の近くを流れる荒川の河川敷に寝転んだ。春の匂いを感じる日差しだった。季節が移ろおうとしている。

スマホを見ると、りえに送ったメッセージは既読になっているが、まだ返信はない。彼女が僕をブロックしていないということは、こちらの動向を気にはしているということだろう。そのとき電話が鳴り、不意を突かれた僕は顔面にスマホを落としてしまった。

痛みを堪えてスマホを拾い上げると、京子さんからの電話だった。愛想をつかされてから二週間が経っている。何か重大なことが起きている気がする。電話に出ると、京子さんの焦った声がした。

「ねえ、すぐ来て！　拓也に会いたいって人が来てるの」

第六章　伊東京子

私が拓也に電話を掛けてから四十分が経とうとしていた。その間、私は目の前にいる猪山衛という男から、だいたいの経緯を聞くことができた。

息を切らして教室に拓也が入ってきた。猪山は立ち上がると、拓也に会釈した。見た目の厳《いか》つさとは違って、ずいぶんしおらしい姿だった。

一方で、これまで散々翻弄された拓也は激していた。

「何しに来たんですか？　ひとりですか？　いったい何なんですか？　あの女連れて来てくださいよ！」

「いや、……連絡付かなくなったんだ」

「は？」と拓也は言った。このままでは話がややこしくなりそうだ。私は二人の間に割って入った。

「この人も騙されてたみたいなの。そうなんでしょ？」

「……まぁ、そうなりますね」

と、猪山はうつむき、自らの恥を認めた。

私は拓也を座らせ、猪山から聞いた経緯をかいつまんで話した。示談金を渡したのち、あの子の態度が冷たくなり、気にした猪山が彼女の後をつけたらこのビルに辿り着いたこと。その場で『シークエル・クリエイターズオフィス』を検索して、拓也がここで講師をしていると知ったこと。その日は、ちょうどあの子が問題のシナリオを読み上げた日で、ビルから飛び出してきたあの子を問い詰めたが、何も答えず逃げ出してしまったこと。その後は、ずっと音信不通が続いていること……。

そこまで話して聞かせると、拓也は猪山に向き合った。

「彼女は何でここに来たんですか？　僕のこと貶《おとし》めるためですか？」

「いやだから、分かんないんだって。襲った男のところに自分から行くなんて……だから聞いたんだよ、無理やり襲われたのは嘘なのかって」

「で、なんて⁉」

「それが答えないんだよ。だからたぶん、嘘なんじゃないかって……」

それを聞いた拓也は、大きく息をついた。

「まずは、あいつ連れてきて本当のこと喋らせてくださいよ！　家知ってるんでしょ！」

「いや、知らない」

「どうして？」

「どうしてって、聞いても答えないんだよ……」

「それで付き合ってるって言えんのか？」

「……じゃあああんたは、えりと何があったんだよ？」

「……は？」

「えりに恨まれるようなこと、何かあったってことだろ？　なぁ！」

「……ちょっと待って。えりえりって……りえだろ？」

「あぁ、りえは店での名前な」

店での名前だなんて、聞いていなかった。私は猪山に訊ねた。

「店って、源氏名ってこと？」

「そうですけど……」

私は拓也を見た。

「そういうお店で知り合ったの？」

「……まあ、そうです」

と拓也は小さな声で答えた。

脚本家デビューが決まってから妙に浮かれているように感じていたが、ちょうどその頃出会ったのだろう。

「その子、本名は？」

と私は猪山に聞いた。

「すずもとえり、ですけど」

「すずもとえり」という名前を聞いて、ある人物を思い出した。まさかとは思うが……。

私は事務室の戸棚からワークショップの申込書ファイルを引き出した。ページをめくっていくと、「すずもとえり」を見つけた。顔写真の下に、「鈴本映莉」と署名があり、生年月日と住所が記されている。今から二年前に書かれていた。私は拓也に顔写真を見せた。

「……この子だよね？」

「……そうです。これ、ワークショップに来てたってことですよね。何で気づいたんですか？」

「鈴本映莉って名前、覚えがあって……」

　私は、さらに棚の奥にしまわれていたコピー用紙の束を掴んだ。印刷された課題のシナリオだ。表紙に『心にかたちがあったなら・鈴本映莉』と書いてある。これを見て私は、「鈴本映莉」という名前を記憶していたのだ。

「添削したのに来なくなっちゃったから……」

　拓也に差し出すと、パラパラとめくり始めた。印刷された課題のシナリオには私が添削した赤字が入っている。

「このシナリオ、覚えてる？」

「はい」

　と、拓也は神妙な顔で答えた。私も少しずつ当時の記憶が蘇ってきた。

それは今から二年前に遡る。私が講師をしていたワークショップに、拓也がまだ在籍していたときのことだ。

当時はコロナ禍で、教室内の机は受講生同士が向き合う形ではなく、私と受講生たちが向き合うスクール形式になっていた。前後ジグザグに座っていたので、受講生たちの姿はよく見えたが、顔はマスクでよく分からなかった。

「じゃあ読める人いますか？」

私の呼びかけに、最初に手を挙げたのは拓也だった。そしてもうひとり、拓也の斜め後ろの席で、遠慮がちに手を挙げたのが鈴本映莉だった。拓也はもうすぐ卒業というクラスの古株だった。片や鈴本映莉は初めて手が挙がったので、私は彼女を指名した。

「じゃあ……鈴本映莉さん、お願いします」

「はい」

緊張した様子で、映莉は朗読を始めた。

「タイトル、心にかたちがあったなら……」

細く高く、鈴の鳴るような声だった。

○　りえの家（朝）

古いマンションの台所。

朝食をテーブルに並べるりえ（16）。

りえ「……はい」

と、作業着姿の父（49）の前にごはん茶碗を置く。

父「何でこんなに遅いんだよ」

りえ「テスト勉強してて寝坊したの……」

りえ、居間の襖を開けると、母が布団を被って丸まっている。

りえ「……お母さん、ごはん食べられる？」

母「…………」

りえ「お母さん」

布団から、すすり泣く声がする。

母「……ごめんね、りえちゃん。私、起きられなくて」

父、りえの背中越しに、

父　「勝手に酒飲んで寝てるだけだろ！（りえに）ほっとけよ」
母　「あなたはいつだってそう、ほっとけ、関係ねえって。そもそもあなたのせいでしょ、私がこうなったのも！」
父、箸を置き、席を立つ。
父　「いつまで言い続ければ気が済むんだおまえは！」
体を防御する母。
父、その姿を見て正気を取り戻す。
父　「……（りえに）ごめんな、もう、行かないと……」
家を出ていく父。
りえの心の声「何でいつも私を置いてくの？　私は、お母さんの保護者じゃないんだよ」

○　高校の体育館
部活（バスケ）の準備運動をしている真人《まさと》。
出入り口の前を通り過ぎて行くりえの姿を見つける。

真人、わざとらしく周囲に言う。

真　人「あっ、忘れてた……」

部　員「どうした？」

真　人「（嘘が思いつかず）忘れてた忘れてた……、ゴメン、帰んないとヤバいわ」

更衣室に向かう真人。

部　員「おーい。どうなってんだよ」

○ショッピングセンター内・フードコート

テーブル席にいるりえと真人。

ファストフード店のドリンクを飲んでいる。

真　人「何で部活来ないの？　女バスの顧問、キレてたよ」

りえ「……もうやめると思う」

真　人「なんで、もったいない」

りえ「だって忙しいし」

真　人「え、もう受験勉強始めてんの？」

りえ「そんなわけないじゃん」
真人「じゃあ何が忙しいっていうの？」
りえ「うーん、何かね、やる気出ないんだよね」
真人「……何か隠してる」
りえ「え？」
真人「りえはいつも、何か隠してる」

○夜道
人気《ひとけ》のない暗い道。
並んで歩いているりえと真人。
りえ「もう私、帰んないと……」
真人「ああ」
りえ「じゃあね」
りえを抱きしめる真人。
真人「なんかあったら、ちゃんと言ってほしい。俺、りえのこと守るから、な

　　　……」
　　ただじっとしているりえ。
りえの心の声「こっちはそんな青春ごっこに付き合ってらんないんだよ、悪いけど」

○　りえの家（夜）
　　買い物袋を提げて、制服姿のりえが帰ってくる。
り　え「……ごめん、遅くなった」
　　部屋中にものが散乱している。
　　食卓の椅子でぼうっとしている父。
　　母と一悶着あった様子。
り　え「お母さんは？」
　　ゆっくりと立ち上がる父。
父　「……捜してくる」
り　え「……行かないでよ」
父　「………………」

りえ「……ずるいよ」

父「…………」

　玄関に向かう父。

　りえ、その場にへたり込む。

　床に落ちていたフォトフレームが目に入る。

　小学生のりえと、母が笑っている。

　写真に写る母をまじまじと見るりえ。優しい顔で、母が笑っている。


「……おわりです」

　不安と期待の入り混じった顔で映莉はシナリオを閉じた。受講生たちからパチパチと儀礼的な拍手が起こる。受講生たちは今、順番に喋らなければいけない感想のことで頭の中がいっぱいのはずだ。

　映莉が選んだ課題のテーマは『別れ』だった。今読み上げられたシナリオの中身は、彼女の身に起きた実際の出来事なのだろう。映莉を逆から読んだ「りえ」という主人公は、きっと彼女自身のことだ。

物事に対する感受性の強さを、自分のクリエイティブな能力だと勘違いする人はよくいる。それは実のところ、共感力が強いだけなのだ。しかし映莉の場合は、彼女にしか書けない内容を、ど真ん中に直球で投げ込んでくるような強さがあった。その強さは、たとえ持っていたとしても自分で気づける人はそういない。

「次、藤田さん感想をお願いします」

私が指名すると、拓也は口を開いた。

「……なんか、シナリオというよりは日記、みたいですよね」

そう言うと、ちらりと斜め後ろの映莉を見た。

「なんだか、自分の思い入れを押し付けられてるような……気がしました。それこそ、京子先生が言ってるみたいに、脳みそねじ切れるぐらい考えて、物語として工夫する必要があるんじゃないかなーと、思いました」

拓也は私がよく口にする言葉を引き合いに出した。自分の発言の責任をよそになすりつける行為で、拓也のよくない癖だった。

映莉は目にうっすらと涙を滲ませ、やり場のない不満を抱えているのがマスク越しにでもよく分かった。初めて発表したシナリオなのだから、周りの感想を真に受け過ぎないでほしいと思った。

私たちは、鈴本映莉の受講申込書に書いてあった住所にタクシーで向かった。助手席に拓也、後部座席に私と猪山が乗った。

猪山は、映莉の書いたシナリオ『心にかたちがあったなら』を読み終えると、それからずっと黙ったまま、窓から日が落ちた外の景色を眺めている。

猪山も拓也と同様に、映莉という女の核心に触れることができず、そのもどかしさにどうしようもなく苦しんでいるように私は感じた。そして、本当に映莉に惚れているんだなと思った。

そんなことを考えていると、ちょうど拓也が映莉のシナリオの再読を終えたところだった。

「私はこのシナリオ、けっこう面白いと思ったけどな。拓也は気に入らなかったみたいだけど……」

「そんな……別に気に入らなかったってわけじゃないですけど」

「分かるよ、これを読んで聞かされたらすぐには受け入れられないよね。独特の迫力があるから」

　黙って話を聞いている猪山は、映莉のシナリオにどんな感想を抱いただろうか……

私はちょっと気になったが、そっとしておくことにした。

「あの子に会ったとき、拓也は気づかなかったの？　ワークショップにいた子だって」

「全然、気づきませんでした。みんなマスクでしたし」

　タクシーは住宅が並ぶ路地に入った。

「……あっ、ちょ、ストップ！」

　何かを見つけたらしい拓也が、車を止めさせた。

「どうしたの？」

　拓也は答えなかった。拓也の視線をたどると、若い女性が母親らしき人の手を引いて道路を渡っていた。ふらふらと歩く母親らしき人は酒に酔っているようで、娘に何か当たり散らしている。

「映莉……、映莉だ」

　と、猪山が言った。

二人はすぐ目の前の古いマンションに入っていった。

「ねえどうする？」

私たちの目的は、映莉に直接会ってあの日の真相を聞くこと。猪山の言う通り彼女の狂言であるなら、私は拓也をまた脚本家として復帰させられるのではと思っていた。しかし、泥酔している母親の姿を見て、今部屋を訪ねていっても、うまく映莉と話ができないのではないかと思った。

猪山が映莉に電話をかけた。案の定、「出ないですね」と言った。そのとき、助手席の拓也が突然タクシーを飛び出していった。

「ちょっとどうしたの？」

私の問いかけは拓也に届かなかった。

マンションを見ると、三階の外廊下を走ってどこかに向かう映莉の姿が見えた。

「運転手さん、開けてください！」

「ちょっと！　お金お願いしますよ！」

路肩で待機している間もメーターは回り続けていた。私が財布に手をかけると「早く！」と猪山が叫んだ。焦れば焦るほど手元が狂った……。

第七章　鈴本映莉

自室の机の引き出しに入れていたお金がなくなっていた。

猪山があの人から示談金として受け取った現金五十万円を封筒に入れたままましまっていたのだ。

すぐに母の仕業だと気づき、行きつけの飲み屋から連れ戻してきた。部屋に入るとすぐに母は敷きっぱなしの布団に倒れ込んだ。寝入りそうな母の手提げ袋を探るとやはり封筒が出てきた。いつしか母は私にお金をせびることに罪悪感がなくなっていた。

考えてみれば、外で働き、労働の対価を得る経験を一度もしたことがない人だった。専業主婦のときは父の収入があったし、父が出ていったあとも生活費の振込はあった。私が働き出してからはその給料で母を養うことになった。そうしたお金はどこから湧いてくるものだとでも思っているのだろうか。

封筒の中を数えてみると、二万円減っていた。どんなに苦しい状況になっても、このお金にだけは手をつけたくなかった。母が使った分をすぐに戻さなくては……。

そのとき、母が起き上がって私の手から封筒を奪い取ろうとした。

「映莉ちゃん、お金いっぱい持ってるじゃない」

「……返して！」

私が封筒を引っ張ると、手が外れた母はその勢いで後ろに倒れた。そして天井を仰いだまま泣き出した。

「……何なの？　少しぐらいいいでしょ！」

母が私にすがりつく。

「あんた誰に育ててもらったと思ってんの……」

たしかに私は母に産み育てられた。だけど、もう十年以上も、私は母の面倒をまるで保護者のように見ている。だが母からしたら、私はまだ子どもで自分は母親なのだ。

「私だって飲みたくて飲んでるわけじゃないの。みんなでバカにして、私なんて死ねばいいと思ってるんでしょ」

「私だって……」

この先は、言ってはいけない言葉なのは分かっている。でも抑えられなかった。

「……私だって好きでお母さんの子どもに生まれたわけじゃない！」

封筒を母にたたきつけた。もしかしたら「死ね」と言うより残酷な言葉だったかもしれない。しかし、偽りのない気持ちだった。

また泣き出した母を置いて、私は家を飛び出した。外廊下を走り抜け、階段を駆け上がり、いつもの屋上に向かった。

淡い月の光に照らされた屋上は、まるで穏やかな海面のようだった。家々の明かりが灯る地上の景色と、フェンスのない屋上との境界線が、いつにも増して曖昧に見えた。

あてどなく歩いていくと、後ろからジャケットの袖口を強く摑まれた。

「ダメだってそういうの」

振り返ると、藤田拓也がいた。

肩を上下させ、荒い息をしている。

私はその手を振り払って言った。

「何でここにいるの？」

「まず落ち着こうよ……ね」

何か勘違いをしているようだった。

「まさか、飛び降りるとでも思った？」

「……違うの？」

「そんなわけないでしょ！」

無性に怒りが湧いた。ここを知られないよう慎重に行動してきたつもりだったのに。

「何で分かったの？」

拓也は何から話せば……と困惑した顔で荒い呼吸を続けている。

私は答えを求める。

「ねえ、何で？」

「……ワークショップの……昔、通ってたでしょ……名簿見たから」

と拓也が言った。

「鈴木りえ」と「鈴本映莉」が同一人物だということがばれてしまった。その理由は、すぐに分かった。屋上の隅にある扉から、猪山と京子先生が姿を現したからだ。

「映莉！」

と猪山が叫んだ。私の本名を知ってから、猪山は私を「映莉」と呼ぶようになった。

こちらに歩き出した猪山を京子先生が引き止めた。まずは拓也に話を付けさせようと思ったのだろう。だけど、私にそのつもりはない。

「帰って」

だが、拓也は動かなかった。

「……本当は俺、何もしてなかったんだろ？」

私は答えない。

「あの日、俺、何もしてなかったんだろ？　ねえどうなの？」

必死に真相を聞き出そうとする拓也の姿は、滑稽にさえ見えた。あんな私の嘘がこんなに人を不安に陥れるなんて、正直思っていなかった。もうこれ以上、嘘をつき通すことはできないだろう……。

「どうして私があなたに好きなようにされなきゃいけないの？　そんなに馬鹿じゃない」


あの日の深夜、私は泥酔した拓也の体を支え、なんとかバランスを保ちながら卓球バーを出た。一本裏道に入れば、すぐにラブホテル街だ。

「もうちょっとだから、頑張ってね」

座り込もうとする拓也を励ましながら、「空室」の表示を目指して進んだ。

やっとの思いで拓也をベッドに横たえた。吐き気がするのか、固く閉じた目尻に涙が滲んでいる。それでも、もぞもぞと私ににじり寄ってきた。

ミネラルウォーターのボトルを冷蔵庫から取り出し「はい、飲んで」と、口元に押し付けた。くぴくぴと音を立てて飲むのを見て、その口が私に吸い付く様が頭を掠《かす》めた。私は拓也から少し離れ、様子を窺《うかが》った。

「ほんと大丈夫？　吐いてきたら？」

「……大丈夫」

拓也の手が、私の腕を摑んだ。

酒に酔っているとはいえ、このまま男の力で押しかかられたら、抵抗できないかもしれない。

「ダメだよ」

「なーんで」

「私、寝かせに来ただけだし」

「んじゃ一緒に寝るだけ」

「ダメだって、私もう帰るよ」

「もう意地悪だなぁ」

そう言って拓也はメガネを外した。涙が滲んだ目で、私の顔を見据えた。

「……最初からそのつもりだったくせに」

これまでの優しさは、ここに至るまでの下心でしかなかったのだろうか……。

目の前のこの人も、他の男と同じだった。

「……待って、シャワー行ってくる」

そう言って私は立ち上がった。拓也は満足そうに目を閉じて、布団を両手で抱きかかえた。


シャワーの水が、勢いよく浴槽の底を叩く。もう三分くらいたっただろうか。服も靴下もそのままの私は、水がはじけるのをただぼんやりと眺めていた。もういい頃だろう。シャワーを止めて浴室を出ると、足音を立てないよう短い通路を歩き、ベッドを覗いた。

拓也は、まさに泥のように眠っていた。私はベッドに上がり服を脱がせにかかる。

「ほら、苦しいでしょ。脱ぐよー」と、万が一、正気を取り戻したときに言い訳できるよう、声がけを忘れなかった。そうやって介抱するふりをすることで、私自身の心もいくらか騙すことができた。

すっかり服を脱がせ下着だけにすると、スマホでその姿を撮影した。何度も角度やサイズを変えて。拓也は酒で赤く火照《ほて》った腹を規則的に上下させ、全く起きる気配がなかった。そして私は部屋を出た。これがあの夜の真実だ。


身の潔白を知った拓也は片手で口を覆うと、続けて手の平で顔を擦った。涙を拭ったようにも見えた。

「じゃあ、なんであんな嘘を？」

「男のあんたを引きずり下ろそうと思ったら、女を使うしかなかった」

「何だよそれ？　俺に恨みがあるなら、直接言えばいいだろ」

「男だからそう言えるんだよ」

「男とか女とか、関係ある？　嘘ついて、人のこと利用して金巻き上げて……。俺、土下座までさせられたんだぞ。女だからってそんなこと許されんのかよ」

許されないことは分かっている。だけど、そうせずにはいられなかった。

黙っていると、拓也は手に持っていた何かを差し出してきた。それを見て私は奪い取った。

『心にかたちがあったなら』

私が書いたシナリオだった。ワークショップで発表したあと、京子先生に提出してそれっきりになっていた。表紙に京子先生からのメッセージが赤字で書き込まれていた。

『鈴本さん、大切な思いをシナリオにしてくれてありがとう。きっと実際に経験されたことなのでしょう。現実だからこその痛切な思いが胸に刺さりました。これからも書き続けてください』

ふと、京子先生を見ると目が合った。この場から消えていなくなりたかった。

「そのシナリオ、俺が悪く言ったから、俺のこと恨んで、許せなくてってことなんだろ」

拓也に抱いていた感情は、言葉にすると「恨み」だったのだろうか。私の意識は、二年前に引きずり戻された。

あれは二〇二一年の冬だった。

初めて短編シナリオを書いた私は、それをブラッシュアップして脚本コンクールに応募しようと考えていた。脚本をちゃんと学びたい気持ちもあって、数ある脚本スクールの中から『シナリオ実践ワークショップ』を選んで通うことにした。昔から名前を知っている伊東京子さんが講師をしているのが決め手だった。

水曜日の夜のクラス——参加者は全くの素人というより、何かしら文筆に関係のある仕事に就いている人が多いと、近くに座っていた女性が教えてくれた。私も当時は出版社でムック本の編集をしていたので「文筆に関係のある仕事」に就いているひとりだった。

仕事は忙しかったが、コロナで在宅勤務が推奨されたので、シナリオを書く時間をなんとか確保することができるようになった。

ワークショップは『笑い』だとか『怒り』といった二十個用意されている課題テーマの中からひとつずつ選び、それに沿って各自が書き上げてきた短編シナリオをみんなの前で読み上げ、率直な感想を受け取るというものだった。もちろん講師である伊東京子さんから直接アドバイスももらえるし、添削もしてもらえる。

ちなみに他者の感想に対して、書いた本人や他の誰かが反論することはマナー違反だと、受講の案内書に書かれていた。プロの脚本家であれば、放送されたドラマに対し、視聴者がどんな感想を抱いたとしても反論する機会は与えられない。だからどんな感想でも受け止めるのが原則になっていた。

初めて参加した日、私はみんなが読み上げるシナリオを聞いて必死にメモを取り、「面白かったです」「すごく上手だと思いました」という簡単な感想を言うだけで精一杯だった。

その日シナリオを読み上げた五人の中に、自信たっぷりで慣れた様子の人がいた。近くに座っていた女性が言うには、すでにテレビ番組の構成を担当している人だという。それが藤田拓也だった。さすがに構成は無駄がなく、完成度の高いものだった。

しかし、彼のシナリオに出てくるセリフは、言葉に熱がなかった。それっぽくはあったが、どこかから借りてきて置いたような印象を受けた。

感想を話す順番が私に回ってきた。

本音は隠したまま、そつのない感想を言った。

「……聞いていて、次の展開がすごく気になる構成で面白かったです」


翌週、ワークショップに向かう電車の中で、私はすでに緊張していた。

前回の講義のあと、二十本の課題テーマを改めて見ると、その中に『別れ』というものがあるのに気づいた。

私が書いた『心にかたちがあったなら』は、父との『別れ』を描いたものだった。

今日のワークショップで初めて書いたこのシナリオを発表しようと、私は決意していた。


教室の席に着くと、先週と同じように藤田拓也が斜め前の席にいた。

「じゃあ読める人いますか？」

京子先生の呼びかけに、私は手を挙げた。

「じゃあ……鈴本映莉さん、お願いします」

名簿の名前を確認しながら、京子先生が言った。目の前の拓也も手を挙げていたが、新入りの私を優先してくれたようだ。

「はい」

と、小さく返事をして、周りに気づかれないよう深く息を吸った。

「タイトル、心にかたちがあったなら……」

どくどくと心臓が波打っている。その在《あ》り処《か》がはっきりと分かる。こんなに緊張するのは何年ぶりだろう。

わずか数分間の短い物語だった。ワークショップの受講生、たった十人に向けてだが、私は生まれて初めて、自分で作った物語を語った。

ぱらぱらと拍手が起きた。受講生たちは手を叩きながら、どんな感想を投げかけようかと、言葉の槍を尖らせている。自然と体が強張った。

ひとりずつ感想が述べられていく。それは的外れでは……と思う感想もあったが、私にはみんなの感想を受け止めることしか許されていない。そして、拓也に順番が回った。

「……なんか、シナリオというよりは日記、みたいですよね」

拓也はこちらを振り返り、私の反応を窺った。

マスクの上のメガネが、少し曇っていた。

「なんだか、自分の思い入れを押し付けられてるような……気がしました。それこそ、京子先生が言ってるみたいに、脳みそねじ切れるぐらい考えて、物語として工夫する必要があるんじゃないかなーと、思いました」

ワークショップが終わり、シナリオを京子先生に提出して教室を出た。次週までに添削してくれることになっている。だけど、私はもう二度とここに来ることはないだろうと思った。


あのシナリオが、拓也を介して二年ぶりに戻ってきた。

私があのときの受講生だと気づいて、拓也はこれを読み返したに違いない。何か言いたそうな顔をしている。

「分かるよ、色々大変だっていうことは……分かるけど、だからって……」

「そんなんだからだよ！」

「え？」

「そんな程度の想像力しかないから、簡単に脚本家クビにされるんだよ」

「はあ？」

「すぐに分かったつもりになって、分かったようなこと言って……。そんな程度なら私にだって分かるよ、今、あんたが考えてること言ってあげようか！」

「何だよそれ？」

「シナリオにちょっとケチつけたくらいでこんな目に遭わされるなんて筋が通らない。あの程度のことでいちいちこんな目に遭ってたら命がいくつあっても足りない、逆恨みもいいとこだ、俺は何も悪いことなんてしてないのに！」

拓也は何も言わなかった。言えないに決まっている——ほとんど正解のはずだ。

「あなたに分かるはずないよ、私の気持ちなんて」

「……そっちだって、人の気持ち全然分かってないだろ！」

まさか、ここで反論されるとは思わなかった。

「君は、俺だけじゃなくて、俺が大切にしてる人とか、俺のこと信じてくれた人も、みんな傷つけて滅茶苦茶にして、そういうの分かってんのか？」

「人の気持ち好き勝手に決めつけて、ありきたりな言葉並べて分かったふりして、許せなかった……」

「だからって、人の人生狂わしていいってことにはならないだろ！」

私の人生だって、拓也にまた会ったことで、狂ってしまったのだ……。

「どうしてあのとき、お店に来ちゃったの？」

「どうしてって、そんな……」

「せっかく全部忘れてたのに……諦めたのに。でも、思い出しちゃったんだよ私。あんたのことも、あんたに言われたことも。だから言ったの、私もシナリオ勉強してたことあるんですって、それで思い出してくれたら、笑って済まそうって、一緒に乾杯しようって。でもあなたが、俺、脚本家だってはしゃいでるの見て、我慢できなくなった」

言葉が言葉を呼んでくる。もう止まらなかった。

「良かったね、あんな優しい家族がいて、みんなが味方で、自分のしたいこと気が済むまでできる環境があって！」

「いいかげんにしろよ！　俺だって、人の気持ちいつも考えてるよ。考えて考えて、脳みそねじ切れるぐらい……」

「ねじ切れてないじゃん！　全然分かってないじゃん、そんな簡単に言うからこっちは傷つくんだよ」

「だったら、どうやったら分かるの？」

「私だって分かんないよ。分かりたいから、書いたんじゃん」

そうだった……。

自分のことも、母親のことも、私はあのとき、分かりたいと思っていた。

「……俺、うらやましかった。俺、君の書いたそのシナリオ、うらやましいと思った」

「何言ってんの？」

「ないんだよ、俺。君みたいに書かなきゃどうしようもないような、言葉にしないと自分が壊れちゃうような、そんな経験、ないんだよ。だから、悔しかったし、認めたくなかった。そのシナリオのこと、俺、ずっと心のどっかに引っかかってて、俺もそんなふうに自分にしか書けないもの書いてみたい、書けるようになりたいって、あのとき思った」

——初めて、拓也の正直な言葉を聞いた。

「……人のこと分かろうとしたり、自分の言葉探したり、そういうの俺、全部諦めないから。だってそれしかできないし。だからそっちもさ、諦めたとか言わないでよ」

拓也の目から涙がこぼれた。

すると泣き顔を隠すようにして、屋上の出入り口に向かった。

拓也を迎えた京子先生が、私のほうを見た。

その眼差しが優しくて、堪えていた涙が溢《あふ》れた——。

屋上には、猪山と私だけが残された。どんな顔をして彼に会えばいいのか分からない……私は手の甲で涙を拭い、こちらに歩いてくる猪山に向き合った。

「ごめんね……」

そう言うのが精一杯だった。

「俺も、その……シナリオっていうの？　さっき読ませてもらったんだ」

「え？」

と思わず声が出た。猪山とシナリオという組み合わせが、あまりに意外だった。

「シナリオがどうとか……俺分かんないけど。もっと映莉のこと知りたいよ」

「……ありがとう」

私は長い間、心からの「ありがとう」を口にしていなかった。

猪山はそのことに気づかせてくれた。

私は「また連絡する」と約束して猪山と別れた。


家に戻ると、台所から物音が聞こえた。

すでに寝ているかと思った母が、テーブルの上に散乱している空き缶や、ゴミを片付けていた。

『私だって好きでお母さんの子どもに生まれたわけじゃない！』

さっき母に投げつけた言葉だ。私に捨てられると思って急に良い子になったのだろうか。

私は幼い頃、両親が大声で喧嘩をしたりすると、寄る辺ない不安に駆られて、居ても立ってもいられず、なぜかお風呂やトイレを掃除した。

今にして思えば、両親を喜ばせたかったんだと思う。喧嘩のあとに少しでも機嫌を直してほしくて、私を見てほしくて、私を見捨てないでほしくて、お風呂やトイレを磨いていたのだ。

今、酒の空き缶をかき集めている母の後ろ姿は、まるで子どもの頃の私だ。母親なのに、子どもが抱くような不安に苛《さいな》まれている。その姿を見て、涙がこぼれた。

「何、どうしたの？」

母は私に気づくと、抱きしめて背中をさすってくれた。

「もう、大丈夫、大丈夫よ」

母の言葉に、私は声を出して泣いた。

私は子どもに、母は母親に、このとき戻れたような気がした。

第八章　藤田拓也

りえ……いや、鈴本映莉と屋上で話したあと、僕は家まで歩いて帰った。自分の身に起きた出来事を振り返る時間が必要だった。

家に辿り着いたとき、もうすっかり朝になっていた。

「ただいま」

と、まだのれんの出ていない店に入ると、寝床から起き出したばかりの両親がいた。父は届いたばかりのスポーツ紙に目を通し、母は新聞がばらけないようホッチキスでとめていた。

「……どうしたのあんた？」

母が驚いた様子で訊ねてきた。

店内の鏡に映る自分を見たら、生気のない真っ白な顔をしていた。

「……俺、なんもしてなかった。やましいことは、なんも……」

「あの子に会ったの？」

「うん」

父は立ち上がって僕のすぐ目の前に来た。

「最初からそう思ってたよ……」

すると、僕の頭をわしゃわしゃと手荒に撫で回した。子どもの頃、父はよくそうして、嫌がる僕を見て喜んでいた。

「心配かけて、ごめん」

そう言うと、涙が堪えきれなくなった。両親の前でこんなに泣いたのはいったい何年ぶりだろう。自分でもまるで子どもみたいだと思った。


およそ半年が経った。

僕は東都テレビのドラマ制作部で居心地の悪い時間を過ごしている。すぐ近くの会議室のドアには、『風待ちの恋人たちへ〈シーズン２　顔合わせ〉』と書かれた張り紙がある。

脚本家としてデビューするはずだったドラマの続編が作られることになったのだ。しかし、僕はもう部外者だ。

しばらくして会議室のドアが開いた。立ち上がって出てくる人たちを迎えた。プロデューサーの石塚さんに、アシスタントプロデューサーの奈々美さん、監督の一ノ瀬さん、京子さん。そして主演俳優の上原瑠菜と遠野勇樹。

みな一様に、僕の顔を見て少し驚いた表情を浮かべている。性加害の疑惑を持たれて脚本の担当から外された男。その後に身の潔白が証明された男。僕でも、なんと声をかければいいか、絶対に戸惑うはずだ。

「私が呼んだんです」

と京子さんが言った。

身の潔白が証明されて出禁も解かれた今、しっかりとみんなに謝るべきだと、京子さんがこの機会を与えてくれたのだ。

「その節はご迷惑をお掛けしまして、本当にすみませんでした」

「……まぁ良かったよ、疑いが晴れて。また今度一緒にやりましょう」

石塚さんの言葉は、悲しくなるほど社交辞令的だった。あれほど怒っていたのだ、それもしょうがないことだ。

「私も楽しみにしてます」

上原瑠菜が、くったくない笑顔を向けてくる。性加害の疑いが持たれていると知った日、僕を無視したのに……。

「今の藤田さん、すごいセリフ生み出しそうじゃないですか」

「……がんばります。ぜひ、またよろしくお願いします」

僕が頭を下げると、瑠菜は言った。

「……おなしゃす！」

会議室で初めて会ったとき、力みすぎて「お願いします」を「おなしゃす」と噛んでしまったのを覚えていたようだ。

去っていくみんなの背中を見送っていると、京子さんの隣を歩く女性がふと立ち止まり、こっちを振り向いた。ワークショップの受講生だった斎藤玲香だ。彼女は東都テレビの新人シナリオグランプリで大賞を受賞し、京子さんと一緒にシーズン2の脚本を担当することになっている。石塚さんによる抜擢だと聞いた。教え子に先を越されてしまった……。

玲香は僕に深々と頭を下げた。それは僕に対する応援なのか、挑戦なのか……とにかく受けて立つ。僕も頭を下げて応えた。

今日は、実家の中華料理店『万来軒』の定休日だ。

もうすぐ夜十時になろうとしている。テーブルには両親の他に、ミドリさん、そしてワイドショーでお世話になった山崎さんがいる。みんなでビールを飲みながら、父が作った料理を楽しんでいる。

というのも、プロデューサーとなった山崎さんに持ち込んだ僕の企画が実現し、これから放送されるのだ。山崎さんとしても、ワイドショーの他に新しい番組に挑戦したいという思いが大きくなっていたときだった。そして、僕に対する不名誉な嫌疑も晴れたことで、企画の実現に尽力してくれた。

『町中華で飲んだくれ』という攻めたタイトルを冠したその番組は、誰もが知るベテラン芸人が、下町に根付いた町中華の店で、料理と人情をつまみに一献傾けるという内容だ。BS放送の一時間の単発番組ではあるが、正真正銘、僕がゼロからイチを生み出した企画だった。いや、生み出したというより、町中華の魅力にようやく僕が気づいたのだ。番組の前半の舞台は、まさにここ『万来軒』だ。

放送が始まった。最寄り駅での前フリが終わると、風変わりな名前の芸人さんが『万来軒』を訪ねる。「いらっしゃいませー」と出迎えた母の姿がテレビに映ると、ミドリさんは「きれいに映ってるじゃない」と大喜びした。

芸人さんは「じゃあまず、洗浄しますかね」と喉をさすり、母に注がれたグラスのビールを一気に飲み干す。「ホントぅまそうに飲むよな」と山崎さんも満足げだ。

店の看板メニューとして「かに玉」が紹介され、芸人さんが味の秘訣を父に訊ねた。すると父は、緊張で顔を引きつらせながら「いつもどおりです」と言った。

「がっちがちじゃないのよー」

すぐさまミドリさんが突っ込んだ。

「そんなことねぇよ」

父が嬉しそうに反論した。

その顔を見て、僕は父と母の仕事を、僕を育ててくれた仕事を、こうして世の中に見せることができて本当に良かったと思う。

一時間の番組が終わり、僕たちは拍手で締めくくった。

山崎さんが両親に向き直る。

「おかげさまで無事に放送できました。本当にご協力ありがとうございました」

「食べて飲んでるだけでしたけど、こんなんでいいんですか？」

と、母は不安げに言った。企画者を前にして「こんなんでいいんですか？」とは失礼な話だが、僕の気持ちを山崎さんが代弁した。

「そこがいいんですよー。町中華で飲《や》るだけで、町とか人とか幸せが見えてくるっていう……こんな企画があるなら、もっと早く言えよって感じですよー」

出禁だ、危機管理だって言ってたくせに——。

「絶対レギュラーにしような！」

「……はい」

あのままドラマの脚本家としてデビューしていたら、きっと僕はこの番組を作っていなかったと思う。つまずいて初めて、自分の足元を確認することができたのだ。

でも、ドラマ好きのミドリさんは、今でも僕の脚本家デビューが夢と消えたことを悔しがっている。

「新しい仕事はよかったけどさ、あの子のこと、ホントにもういいの？」

「……うん、お金も戻ってきたし」

「甘いだろー。逆に訴えちゃえよ、詐欺に恐喝！」

山崎さんが息巻いた。

「……あの子にも、これからがあるから」

と母が言った。

この件について、僕は両親とすでに話し合っていた。相談した弁護士からは、それこそ山崎さんと同じで詐欺や恐喝として訴えることも検討してはどうかと提案されていた。

だが、もうこれ以上、彼女の人生に関わらないことにしようと強く言ったのは母だった。映莉を切り捨てるということではなく、「あの子にも、これからがあるから」だ。この出来事は、映莉にとっても、人生のつまずきなのだ。

僕は弁護士に示談金だけ返してもらえればよいと伝えた。すぐに五百万円は戻ってきた。

「よーし！　じゃあウチの店で二次会だ！　歌おう！」

とミドリさんが言った。

山崎さんが色めき立った。そういえばマイクを離さないタイプの人間だった。

今夜は長い夜になりそうだ。


僕は決して、ドラマの脚本を諦めたわけではなかった。誰に頼まれたわけでもないが、連続ドラマのプロットを書き上げた。

ノートパソコンの画面には『タイトル未定』と書かれた企画書の表紙が映し出されている。映莉との一件を基に創り上げたこのドラマのタイトルを何にすべきか……。

僕はもう何時間も自室で考え続けている。

考えに考え抜き、いよいよ脳みそがねじ切れそうになったとき、ふとタイトルが浮かんだ。

『ありきたりな言葉じゃなくて』

たぶんプロデューサーの石塚さんなら、「長いよ」と言うだろう。構うもんか。

窓を開けると、朝焼けの空が見えた。

ベッドに横たわった途端、眠気に襲われた。まどろむ意識の中で、僕は思う。

どんな場所に置かれても、どんな状況でも、僕は言葉を探す……そうやって生きていく。

風に頬を撫でられ、眠りに落ちた。

映画『ありきたりな言葉じゃなくて』

製作・エグゼクティブプロデューサー　若林邦彦
企画　陣代 適
原案・脚本　栗田智也
脚本・監督　渡邉 崇
脚本協力　三宅隆太

この作品は書き下ろしです。原稿枚数309枚（400字詰め）。

ありきたりな言葉《ことば》じゃなくて

渡邉崇《わたなべたかし》

令和6年11月25日　初版発行

発行人――石原正康
編集人――高部真人
発行所――株式会社幻冬舎
〒151-0051東京都渋谷区千駄ヶ谷4-9-7
電話　03(5411)6222(営業)
　　　03(5411)6211(編集)
公式HP　https://www.gentosha.co.jp/
印刷・製本―株式会社　光邦
装丁者――高橋雅之

幻冬舎文庫

ISBN978-4-344-43434-9　C0193　わ-16-1

この本に関するご意見・ご感想は、下記アンケートフォームからお寄せください。
https://www.gentosha.co.jp/e/